JEUNESSE

Gilles Tibo

Illustrateur depuis plus de vingt ans, Gilles Tibo est reconnu pour ses superbes albums, dont ceux de la série *Simon*. Enthousiasmé par l'aventure de l'écriture, il a créé d'autres personnages. Il s'est laissé charmer par ces nouveaux héros qui prenaient vie, page après page. Pour notre plus grand bonheur, l'aventure de Noémie est devenue son premier roman.

Louise-Andrée Laliberté

Quand elle était petite, pour s'amuser, Louise-Andrée Laliberté inventait toutes sortes d'histoires pour décrire ses gribouillis maladroits. Maintenant qu'elle a grandi, les images qu'elle crée racontent elles-mêmes toutes sortes d'histoires. Louise-Andrée crée avec bonne humeur des images, des décors ou des costumes pour les musées et les compagnies de publicité ou de théâtre. Tant au Canada qu'aux États-Unis, ses illustrations ajoutent de la vie aux livres spécialisés et de la couleur aux ouvrages scolaires ou littéraires. Elle illustre pour vous la série *Noémie*.

Série Noémie

Noémie a sept ans et trois quarts. Avec Madame Lumbago, sa vieille gardienne qui est aussi sa voisine et sa complice, elle apprend à grandir. Au cours d'événements pleins de rebondissements et de mille péripéties, elle découvre la tendresse, la complicité, l'amitié, la persévérance et la mort aussi. Coup de cœur garanti !

Noémie
Le Grand Amour

Du même auteur chez Québec Amérique

Jeunesse

SÉRIE PETIT BONHOMME

Les mots du Petit Bonhomme, album, 2002.
Les musiques du Petit Bonhomme, album, 2002.
Les chiffres du Petit Bonhomme, album, 2003.
Les images du Petit Bonhomme, album, 2003.
Le corps du Petit Bonhomme, album, 2005.

SÉRIE PETIT GÉANT

Les Cauchemars du petit géant, coll. Mini-Bilbo, 1997.
L'Hiver du petit géant, coll. Mini-Bilbo, 1997.
La Fusée du petit géant, coll. Mini-Bilbo, 1998.
Les Voyages du petit géant, coll. Mini-Bilbo, 1998.
La Planète du petit géant, coll. Mini-Bilbo, 1999.
La Nuit blanche du petit géant, coll. Mini-Bilbo, 2000.
L'Orage du petit géant, coll. Mini-Bilbo, 2001.
Le Camping du petit géant, coll. Mini-Bilbo, 2002.
Les Animaux du petit géant, coll. Mini-Bilbo, 2003.
Le Petit Géant somnambule, coll. Mini-Bilbo, 2004.
Le Grand Ménage du petit géant, coll. Mini-Bilbo, 2005.

SÉRIE NOÉMIE

Noémie 1 - Le Secret de Madame Lumbago, coll. Bilbo, 1996.
  • **Prix du Gouverneur général du Canada 1996**
Noémie 2 - L'Incroyable Journée, coll. Bilbo, 1996.
Noémie 3 - La Clé de l'énigme, coll. Bilbo, 1997.
Noémie 4 - Les Sept Vérités, coll. Bilbo, 1997.
Noémie 5 - Albert aux grandes oreilles, coll. Bilbo, 1998.
Noémie 6 - Le Château de glace, coll. Bilbo, 1998.
Noémie 7 - Le Jardin zoologique, coll. Bilbo, 1999.
Noémie 8 - La Nuit des horreurs, coll. Bilbo, 1999.
Noémie 9 - Adieu, grand-maman, coll. Bilbo, 2000.
Noémie 10 - La Boîte mystérieuse, coll. Bilbo, 2000.
Noémie 11 - Les Souliers magiques, coll. Bilbo, 2001.
Noémie 12 - La Cage perdue, coll. Bilbo, 2002.
Noémie 13 - Vendredi 13, coll. Bilbo, 2003.
Noémie 14 - Le Voleur de grand-mère, coll. Bilbo, 2004.

La Nuit rouge, coll. Titan, 1998.

Adulte

Le Mangeur de pierres, coll. Littérature d'Amérique, 2001.
Les Parfums d'Élisabeth, coll. Littérature d'Amérique, 2002.

Noémie
Le Grand Amour

GILLES TIBO

ILLUSTRATIONS : LOUISE-ANDRÉE LALIBERTÉ

QUÉBEC AMÉRIQUE jeunesse

Catalogage avant publication de Bibliothèque et Archives Canada

Tibo, Gilles
Le Grand Amour
(Noémie; 15)
(Bilbo; 144)
ISBN 10: 2-7644-0419-0
ISBN 13: 978-2-7644-0419-5
I. Laliberté, Louise-Andrée. II. Titre. III. Collection: Tibo, Gilles.
Noémie; 15. IV. Collection: Bilbo jeunesse; 144
PS8589.I26G721 2005   jC843'.54   C2005-940713-1
PS9589.I26G721 2005

**Conseil des Arts   Canada Council
du Canada   for the Arts**

Nous reconnaissons l'aide financière du gouvernement du Canada
par l'entremise du Programme d'aide au développement de l'industrie
de l'édition (PADIÉ) pour nos activités d'édition.

Gouvernement du Québec – Programme de crédit d'impôt pour
l'édition de livres – Gestion SODEC.

Les Éditions Québec Amérique bénéficient du programme de
subvention globale du Conseil des Arts du Canada. Elles tiennent
également à remercier la SODEC pour son appui financier.

Québec Amérique
329, rue de la Commune Ouest, 3ᵉ étage
Montréal (Québec) H2Y 2E1
Téléphone: 514 499-3000, télécopieur: 514 499-3010

Dépôt légal: 3ᵉ trimestre 2005
Bibliothèque nationale du Québec
Bibliothèque nationale du Canada

Révision linguistique: Diane Martin et Danièle Marcoux
Mise en pages: André Vallée – Atelier typo Jane
Réimpression: juillet 2006

Imprimé au Canada

À Romane,
surnommée :
maître chaton…

-1-

Comme d'habitude

Ce matin, je me lève comme d'habitude, je dis bonjour à mes parents comme d'habitude et je prends mon petit-déjeuner comme d'habitude.

Ma mère pose à mon père cette palpitante question :

— Chéri, veux-tu un café?

— Oui, mon amour... Avec deux sucres, comme d'habitude.

Quelques minutes plus tard, mon père pose cette question très romantique à ma mère :

— Mon amour, veux-tu des rôties?

— Oui, mon chéri... Avec de la confiture, comme d'habitude.

Après le petit-déjeuner, mon père se lève comme d'habitude. Il termine son café comme d'habitude. Il débarrasse la table, comme d'habitude. Ma mère, pendant ce temps, se maquille, comme d'habitude. Ensuite, nous nous embrassons tous les trois, puis nous quittons la maison, comme d'habitude.

Mes parents partent travailler, comme d'habitude et, moi, comme d'habitude, je monte chez grand-maman Lumbago chérie d'amour pour l'embrasser et lui souhaiter une bonne journée.

Comme d'habitude, ma grand-mère lit son journal en sirotant une tasse de thé. En plus, ce matin, elle écoute la radio. J'embrasse grand-maman, comme d'habitude. À son tour, elle m'embrasse comme d'habitude, puis elle me dit :

— Noémie, j'ai une bonne nouvelle à t'annoncer!

— Ah oui? Quelle bonne nouvelle?

— Je ne sais pas, répond grand-maman.

— Comment ça? Vous voulez m'annoncer une bonne nouvelle et vous ne savez pas ce que c'est?

— C'est à peu près ça, oui...

— Grand-maman, est-ce que ça va bien dans votre tête? Avez-vous bien dormi cette nuit? Désirez-vous une autre tasse de thé?

Grand-maman me regarde avec un petit air moqueur :

— Ma chère Noémie, je viens tout juste d'écouter ton horoscope à la radio... et l'astrologue a répété trois fois que les natifs de ton signe astrologique vivront un grand événement aujourd'hui, un événement qui changera le cours de votre vie...

— Quel événement?

— C'est ça le problème! L'astrologue n'a pas dit de quel événement il s'agissait.

— Et comment il a fait l'astronome... l'astronaute, l'astro...

— L'astrologue, Noémie, on appelle ça un astrologue!

— Bon, alors comment il a fait l'astrologue pour savoir ce qui se passerait dans ma vie, aujourd'hui?

— Il a consulté tes cartes du ciel, la position des planètes. Il a...

Grand-maman cesse de parler. Elle tend l'oreille vers la radio, puis elle me fait signe d'écouter en murmurant :

— Chut, chut, voici mon horoscope pour aujourd'hui...

Pendant que grand-maman écoute attentivement son horoscope, moi, je m'éloigne dans le corridor :

— À ce soir, ma belle grand-maman d'amour Capricorne !

Je quitte son logement, je descends l'escalier, je saute sur le trottoir et je prends la direction de l'école en pensant à ma belle grand-maman d'amour en chocolat. Je n'en reviens pas! Être aussi naïve à son âge! Franchement! Comment peut-on croire à l'influence de la position des planètes? Surtout que les planètes, ce matin, on ne les voit même pas. Le soleil est caché par de gros nuages, et la lune a disparu depuis longtemps... En plus, qu'est-ce qui pourrait se passer d'extraordinaire, un mardi matin ordinaire...

En marchant vers l'école, je regarde autour de moi et je ne vois rien d'extraordinaire. Tout est semblable à hier et à avant-hier. Au coin de la rue, je rencontre mes amies Julie et Martine, mais il n'y a rien d'extraordinaire là-dedans, nous nous rencontrons presque tous les matins. Ensemble, nous nous rendons à l'école sans problème. Nous jouons au ballon et, comme d'habitude, nous nous arrêtons lorsque la cloche résonne dans la cour. Il n'y a vraiment rien d'extraordinaire là-dedans.

Comme d'habitude, tous les élèves se placent en rang. Comme d'habitude depuis une semaine, notre enseignante est absente pour cause de maladie. Elle est remplacée par la gentille madame Lapointe. Nous entrons dans l'école et nous nous dirigeons vers nos classes. Pendant que tout le monde marche, moi je regarde les planchers, les murs, les plafonds à la recherche d'indices. Mais je ne remarque rien d'extraordinaire. Je vois juste le mot «ordinaire» collé sur tout ce que je vois. Et là, je dois l'avouer, je suis très fière de moi. Je ne laisse pas mon imagination galoper en tout sens. Je me dis et me répète : «Noémie, n'imagine rien... Noémie ne t'énerve pas pour rien, s'il doit se passer un événement extra-ordinaire dans ta vie personnelle, tu seras, sans aucun doute, la première à le savoir. »

Alors, je reste calme. Je n'imagine rien d'épouvantable. Je marche dans le corridor sans penser que le plafond pourrait se transformer en gros nuages gris. Je n'imagine pas que le plancher pourrait devenir liquide comme l'eau d'une piscine. Je n'imagine pas que je pourrais me rendre à ma classe à la nage et ensuite, étudier sur de hautes chaises comme celles des sauveteurs.

Nous entrons dans la classe, comme d'habitude et là, je suis encore plus fière de moi. Je me rends à mon pupitre sans rien imaginer d'extraordinaire. Je reste calme. Je n'imagine pas que les tableaux se transforment en feuilles d'or. Je n'imagine pas qu'un extraterrestre se cache dans la poubelle. Je n'imagine pas que toutes mes amies deviennent des statues transparentes.

Finalement, à force de ne rien imaginer, il me vient une petite angoisse. Je me demande si, finalement, l'événement extra-ordinaire de la journée serait que moi, Noémie, je n'aie plus d'imagination!!! Peut-être que l'imagination, ça se perd comme on perd un portefeuille, ou un soulier, ou un ballon. Et là, je l'avoue, j'ai un peu peur. J'essaie d'imaginer toutes sortes de choses, mais je n'y arrive pas. Il ne me vient pas la moindre petite idée. J'ai beau me forcer les méninges, j'ai le cerveau complètement vide. C'est la première fois de ma vie que je vis un tel phénomène. J'ai envie de me lever pour crier :

«AU SECOURS! À L'AIDE! JE N'AI PLUS D'IMAGINATION!»

Mais je ne bouge pas. Installée à mon pupitre, j'ai l'impression que mon corps est une enveloppe vide. Je n'ai tellement plus d'imagination que j'angoisse en me tortillant sur ma chaise. Juste pour vérifier, j'essaie d'imaginer les choses les plus folles et il ne me vient que des pensées complètement banales : j'imagine que des mouches se faufilent dans mes oreilles et circulent à l'intérieur de mon corps vide... Ensuite, j'imagine que l'école devient petite comme une valise et que nous partons étudier en faisant le tour du monde... Je suis complètement découragée par mon manque d'imagination... Alors, je reste là, assise à mon pupitre à attendre un événement extraordinaire en sachant très bien qu'il ne peut rien se passer d'extraordinaire ici, dans ma classe! Je suis sur le bord de la dépression nerveuse, ou de la crise de nerfs, ou les deux à la fois.

Pendant que je pense à ma dépression nerveuse, j'entends la remplaçante, madame Lapointe, qui nous demande d'ouvrir notre grammaire à la page cinquante-sept. Je soulève le dessus de mon pupitre et en sors ma grammaire, puis je me penche vers mon sac, m'empare de mon cahier de français et je l'ouvre comme d'habitude. Je tourne une page, deux pages, trois pages. Soudain, BANG! Mes poumons cessent de se remplir d'air. Mon sang se fige dans mes veines. Mes mains se mettent à trembler. À l'intérieur de mon cahier de français, j'aperçois une feuille volante, une feuille rose. Sur cette feuille rose, quelqu'un a dessiné un gros cœur rouge avec un crayon gras. Je n'en reviens pas! J'avale ma salive, puis je ferme les yeux en me disant que ça y est, mon imagination est revenue : j'hallucine des cœurs.

-2-

Le cœur rouge

Après quelques secondes, j'ouvre lentement les paupières. Je vois encore la feuille rose et encore le cœur dessiné en rouge. Mon vrai cœur bat à tout rompre. J'ai l'impression que je vais perdre connaissance. Il me vient des mots, des mots que je refuse d'entendre, des mots qui grossissent dans ma tête : «Quelqu'un m'aime! Moi, Noémie, quelqu'un m'aime!»

Je suis tellement énervée par ce cœur, que je le plie en deux, puis je le cache entre les dernières pages de ma grammaire. J'attends quelques minutes en essayant de comprendre les explications de madame Lapointe, mais je suis tellement perturbée par la présence de ce foutu cœur que je le retire du livre, le plie encore en deux et le lance dans le fond de mon pupitre.

J'essaie de me concentrer, mais on dirait que j'ai la vue embrouillée. Je vois des cœurs partout. Ils sont cachés dans les mots griffonnés au tableau, sur le grand calendrier de la classe, dans les dessins accrochés aux murs. Il me semble même que les aiguilles de l'horloge se plient et se replient pour former un cœur...

Je ramasse le cœur rouge au fond de mon pupitre. Je le plie encore en deux et le glisse au fond de ma poche en me répétant : «Noémie, Noémie, Noémie, ce n'est qu'un cœur rouge dessiné sur un papier rose...»

Mais on dirait que le cœur de papier devient plus chaud qu'une fournaise. J'ai l'impression qu'il brûle mon pantalon. Je le retire de ma poche, le plie encore en deux et le lance au fond de mon sac. Voilà! C'est fini! Terminé! Je n'y pense plus! Je n'y pense plus! Je n'y pense plus...

Et en n'y pensant plus, je pense à autre chose. Je me dis qu'il y a peut-être d'autres cœurs cachés quelque part. Le plus discrètement possible, afin de ne déranger personne, je feuillette ma grammaire, puis mon cahier d'exercices. Fiou! Ils sont vides de cœurs! Subtilement, je fouille dans mon pupitre, il n'y a rien qui puisse ressembler à un cœur. Je fouille dans mon sac. Je ne trouve rien d'extraordinaire, seulement mes crayons, mes gommes à effacer, ma règle brisée, quelques bonbons et un vieux cœur de pomme, mais un cœur de pomme, ça ne compte pas pour un vrai cœur... d'amoureux.

▲ ▼ ▲

Je laisse tomber le cœur de pomme dans le fond de mon sac, et, même si je ne le veux pas, même si je me répète de ne pas faire ça, mes mains, en tremblant, s'emparent de la feuille rose et la déplient. Mon cœur, mon vrai cœur, bat à toute vitesse. Le BOUM! BOUM! BOUM! résonne tellement fort dans mes oreilles que j'ai l'impression que tout le monde, de Montréal à Paris, de New-York à Tokyo, pourrait l'entendre.

J'essaie de me calmer, mais c'est absolument impossible! Quelqu'un a dessiné un cœur rouge et l'a glissé dans mon cahier... Donc, quelqu'un m'aime !

Mais qui ?

Mais qui ?

Mais qui ?

Subtilement, en faisant semblant de rien, je tourne la tête pour épier les gars de ma classe. Ils sont tous occupés à leurs petites affaires. Julien ouvre son cahier. Alexandre aiguise la pointe de son crayon, Abdoul, Émile, Julien numéro deux, Julien numéro trois, Roberto et tous les autres ont les yeux fixés au tableau comme si de rien n'était.

Incroyable ! J'ai le goût de crier, de hurler, de vociférer : qui est l'amoureux ? Qui m'aime en cachette ? Allez ! Lève-toi si tu es un homme !

Mais je ne dis pas un mot. Je n'ouvre pas la bouche parce que, au fond de moi, j'ai trop peur de

connaître la réponse. Peut-être que l'amoureux est quelqu'un que je n'aime pas du tout comme Mathieu Landry-Larochelle, qui pue des pieds, ou le grand Mathieu qui me fait toujours des grimaces, ou Sergio, qui a déjà collé sa gomme à mâcher sur mon pupitre... ou... ou... ou... et là, finalement, je m'aperçois que je n'ai aucun ami garçon, j'ai seulement des amies filles.

▲ ▼ ▲

Les yeux fixés sur le cœur, je pense à tous les films d'amour que j'ai vus à la télévision. Il me semble que les amoureux regardent leur amoureuse avec un petit sourire dans les yeux, et en plus il y a toujours de la belle musique, mais ici, dans la classe, personne ne me regarde avec de la chaleur dans les yeux et la seule chose qui ressemble à de la musique, c'est la voix de madame Lapointe qui papote au tableau. Elle se retourne soudainement, me regarde et demande :

— Noémie! Ça va?

En vitesse, je cache le cœur dans mon cahier.

— Je... Heu... Oui, ça va!

— Excellent, répond-il. Tout le monde a compris mon explication? Y a-t-il des questions?

Toute la classe fait signe que non. Tout le monde fait semblant d'avoir compris l'explication. Mais moi, j'ai une question, une énorme question qui remplit ma tête, mon cœur et mon corps tout entier, une question à laquelle personne ne peut répondre : qui a dessiné ce foutu cœur?

-3-

Les grandes questions

Pendant que madame Lapointe parle, et que les autres élèves écrivent dans leurs cahiers d'exercices, moi, je tourne la feuille rose dans tous les sens. Je regarde le cœur à l'endroit, à l'envers, sur le côté, et même à l'endos.

Je n'en reviens toujours pas. Moi, Noémie, quelqu'un m'aime!!!

Et puis soudain, paf! Je comprends tout. Comme personne ne me regarde avec des yeux d'amoureux fous d'amour comme dans les films, j'en arrive à la conclusion que ce cœur était, sans aucun doute, destiné à quelqu'un d'autre. L'amoureux s'est trompé d'amoureuse. Il a déposé le dessin dans mon sac sans se rendre compte de sa méprise. C'est ça... je crois... et là, je ne sais plus si je suis heureuse ou malheureuse de cette situation, parce que si c'est vraiment une méprise, ça veut dire que personne n'est amoureux de moi et ça veut dire aussi que quelqu'un ou quelqu'une n'a pas reçu le cœur qui lui était destiné. En plus, l'amoureux doit attendre une réponse de l'amoureuse qui n'a pas reçu le cœur et qui ne peut donc pas répondre à l'amoureux qui doit être bien malheureux parce qu'il pense que l'autre ne l'aime pas... Fiou! Alors moi, comment vais-je trouver un amoureux que je ne connais pas et son amoureuse inconnue? Aussi bien chercher deux aiguilles dans une botte de foin! Fiou... de fiou... de fiou!!! La vie vraie est encore plus compliquée qu'un film d'amoureux!

▲ ▼ ▲

Pendant que madame Lapointe parle, bla... bla... bla... et rebla... rebla... rebla... je continue de réfléchir à la situation. Je me dis que, finalement, personne ne peut prendre mon sac pour celui d'une autre fille. Mon nom est écrit en grosses lettres sur le rabat. En plus, il est orné de macarons sur lesquels on voit mes animaux préférés : des girafes, des éléphants, des pandas, des dauphins... Il faudrait que l'amoureux soit super distrait ou complètement aveugle pour ne pas reconnaître mon sac!

Donc, selon toute logique, quelqu'un a délibérément caché le cœur dans mon sac. Donc, quelqu'un m'aime! Et là, il me vient une frousse terrible. Je ne connais rien à ces choses-là. En plus, moi, je ne suis amoureuse de personne, personne, personne...

J'essaie de garder mon calme le plus calmement possible en restant calme et en me calmant, mais ce n'est pas facile de se calmer calmement même en voulant rester calme. C'est comme si le calme se «décalmait» pour ne plus jamais redevenir calme et moi ça m'énerve de m'énerver juste pour un petit cœur de rien du tout dessiné sur une feuille rose complètement ridicule... Mon calme s'énerve et je m'énerve en voulant redevenir calme, alors j'essaie de penser à quelque chose de calme. La seule image qui me vient en tête, c'est ma grand-mère qui se berce avec son petit chat sur les genoux. Et là, PAF! je deviens vraiment calme parce que je comprends tout. Hé oui, comme je suis bête de ne pas y avoir pensé avant! C'est ma grand-mère qui a déposé le cœur dans mon sac! Elle savait que je le trouverais. Elle m'avait même avertie qu'il se produirait un événement extra-ordinaire aujourd'hui! Alors voilà, le problème est enfin réglé!

Mais, si le problème est réglé, ça veut dire que personne ne m'aime d'amour!

Je réfléchis encore. Il est impossible que grand-maman ait pu faire une chose pareille. Premièrement, je sais qu'elle n'a pas de crayon gras à la maison. Deuxièmement, elle n'a pas de feuilles roses. Troisièmement, elle n'a pas pu ouvrir mon sac puisqu'il était toujours près de moi. Et quatrièmement, même si elle avait réussi sans crayons, sans feuilles et sans ouvrir mon sac, elle aurait dessiné un cœur tout croche et elle m'aurait écrit quelque chose du genre : *Bonne journée ma petite Noémie d'amour en chocolat fondant...*

Donc, ce n'est pas grand-maman... Donc, quelqu'un m'aime d'amour!

▲ ▼ ▲

La voix de madame Lapointe résonne dans la classe, mais je ne comprends aucun mot. Ma tête est remplie d'un gros cœur, lui-même rempli de points d'inter-rogations. Je réfléchis tellement fort que j'en ai mal au cerveau gauche, au cerveau droit et un peu en plein milieu du front.

Je tourne le problème dans tous les sens pour en arriver, finalement, à la conclusion que ce sont probablement mes parents, pour se faire pardonner quelque chose, qui ont glissé ce cœur dans mon sac.

Donc, personne ne m'aime... d'amour.

Mais, j'ai beau réfléchir, mes parents, ces temps-ci, n'ont rien à se faire pardonner. Malgré leurs nombreux défauts, leurs changements d'humeur et le fait qu'ils soient débordés par leur travail, je dois avouer que ce sont de très bons parents. Ils me permettent d'écouter la télévision quand je le veux. Ils me laissent veiller et dormir chez grand-maman. Ils ne me disent jamais de me coucher, ou de faire le ménage de ma chambre, ou de laver la vaisselle... ou d'étudier...

Donc, si ce ne sont pas mes parents qui ont... ça veut dire que quelqu'un m'aime... d'amour!

Mais qui?

Mais qui?

Mais qui?

-4-
D'une explication
à une autre

Pendant que madame Lapointe placote, moi je ne cesse de penser au cœur. Je plie, déplie, replie et redéplie la feuille rose à toutes les trente secondes. J'ai chaud et froid en même temps. Je me dis que ce cœur s'est peut-être trouvé dans mon cahier par hasard. Mais comment un cœur peut-il se déplacer par hasard? C'est impossible... Premièrement, un cœur ne se dessine pas tout seul, surtout sur une feuille rose. Deuxièmement, un cœur ne se déplace pas tout seul. Troisièmement, mon sac ne s'est pas ouvert tout seul. Quatrièmement, mon cahier ne s'est pas ouvert tout seul et cinquièmement, cinquièmement, je ne comprends plus rien... Mon esprit devient tout embrouillé. Je ne suis plus capable de penser. Je fixe le plafond, et j'attends qu'il me vienne une inspiration. Je déteste ne rien comprendre...

Soudainement, en regardant une mouche marcher au plafond, une idée de génie me traverse l'esprit. Tout excitée, je me lève d'un bond et je crie :

— OUI ! C'EST ÇA !

Les élèves sursautent. Madame Lapointe se retourne, me regarde et demande :

— Oui, Noémie ?

— Je... heu... je...

— Nous t'écoutons...

— Je... Je... Je...

Et là, je deviens rouge comme une tomate. Je me rassois sur ma

chaise et baisse les yeux pendant que tout le monde me regarde avec étonnement. Je fais semblant d'être dans un état piteux, mais au fond de moi je suis bien contente parce que je crois avoir trouvé la solution à MON problème.

C'est tellement évident que j'éclate rire. Je ris Ah! Ah! Ah! et Oh! Oh! Oh!

Madame Lapointe quitte le tableau, s'approche et se penche vers moi :

— Peut-on savoir ce qui te fait rire?

En vitesse, j'invente :

— Je, heu, vous avez dit un mot qui m'a fait penser à une farce très drôle et...

— Et voudrais-tu partager cette farce avec nous?

Là, je deviens encore plus rouge qu'une tomate. Je pense à mon répertoire de blagues, mais je suis tellement énervée que je ne me souviens d'aucune farce... Je bégaie :

— Je... heu... c'est l'histoire de quelqu'un, de quelqu'un qui a trouvé une feuille...

Mais je ne veux pas dévoiler mon secret. Je baisse les yeux et je fais signe à madame Lapointe de s'approcher. Elle fronce les sourcils, se penche, tourne un peu la tête. Je lui murmure à l'oreille pour ne pas que les autres entendent :

— Ne le dites à personne parce que c'est une blague secrète. C'est l'histoire de quelqu'un, disons que ce quelqu'un c'est peut-être moi, qui devrait selon son horoscope vivre aujourd'hui un événement extraordinaire. Ce «peut-être moi», donc, a trouvé dans son sac, qui est peut-être le mien, un cœur dessiné sur une feuille rose et ce quelqu'un, qui est peut-être moi ou quelqu'un d'autre, ici, dans la classe ou dans l'école, ignore qui a dessiné ce cœur parce que l'autre veut garder l'anonymat, ce qui veut dire que l'autre ne veut pas que l'autre sache qui a déposé ce cœur de papier rose, disons dans son sac, et ça ne peut pas être une erreur car le nom de la personne qui a reçu le cœur est écrit en grosses lettres sur son sac, mais je ne peux pas dire son nom sans dévoiler l'identité de la personne qui a reçu le cœur... Il me semble que ce n'est pas difficile à comprendre... Voyez-vous?

Tout le monde a les yeux tournés vers nous. Les pupilles agrandies par la surprise et l'incompréhension, madame Lapointe se redresse en se grattant l'arrière de la tête. Puis, elle éclate de rire :

— Ah! Ah! Ah! Je n'ai jamais entendu une histoire aussi farfelue!

— C'est quoi? C'est quoi? C'est quoi? demandent certains élèves.

— Ça ne se raconte pas, répond-elle en se rendant au tableau.

Moi, je retourne à mon problème personnel. Je pense au cœur en me disant que j'ai trouvé la solution.

Il a tout simplement été dessiné par quelqu'un qui a voulu me jouer un tour, me faire une bonne blague. Donc, personne ne m'aime d'amour...

Je suis un peu triste, mais je fais semblant de ne pas l'être.

-5-
Premières déductions

On dirait que le temps s'est arrêté. Les aiguilles de la grosse horloge tournent au ralenti. Même la grande aiguille des secondes semble endormie. Madame Lapointe nous demande maintenant de sortir notre cahier de mathématiques. Je l'ouvre machinalement. Je n'ai pas peur d'y trouver un cœur, parce que j'ai déjà vérifié dans chacun de mes cahiers.

Pendant que tout le monde se lance dans une multiplication très compliquée, trois fois quatre fois six fois huit et autres choses... moi, je cesse de calculer pour regarder le cœur une millième fois et peut-être même une deux millième fois. Comme je suis certaine que personne ne m'aime d'un véritable amour comme celui que l'on voit dans les films, je me calme, me calme, me calme et commence à réfléchir comme une véritable détective. Le cœur a été dessiné et bien dessiné. Donc, il a été colorié par un expert, par quelqu'un qui doit être un excellent dessinateur. Le cœur a été dessiné avec du pastel gras comme on en trouve dans les cours d'arts plastiques. En plus, le papier est légèrement froissé sur le côté. Quelqu'un a effacé quelque chose.

Pendant que je scrute le cœur dessiné, on me tapote soudainement l'épaule. Je sursaute. Je me retourne. C'est Julie, placée juste derrière moi, qui m'espionnait, comme d'habitude. Elle a vu le cœur et elle me demande à voix basse :

— Noémie, le cœur, c'est pour qui?

Je hausse les épaules pour signifier que je ne le sais pas. J'entends Julie murmurer :

— Noémie... es-tu amoureuse de quelqu'un?

Je suis tellement surprise par la question que je ne réponds pas. J'essaie de me concentrer sur le tableau, en avant.

Julie me chuchote encore :

— Est-ce que je le connais?

Je me retourne pour lui murmurer :

— Arrête! Ce n'est pas ce que tu penses...

Elle me fait un gros clin d'œil. Je la regarde et lui fais une grimace pour lui signifier qu'elle se trompe.

J'essaie encore une fois de me concentrer. Je tente d'écouter madame Lapointe, mais, en me retournant, je vois Julie qui fait des signes à Martine. Martine se tourne vers Julie. Martine écoute Julie. Martine fronce les sourcils, puis elle me regarde en souriant. Aucun son ne sort de sa bouche, mais je peux lire sur ses lèvres : «C'est qui ton amoureux?»

Je la regarde en haussant les épaules. Je tourne la tête de gauche à droite pour lui signifier qu'elle se trompe, puis j'essaie encore une fois de me concentrer sur le tableau, mais chaque fois que je me retourne vers Martine, elle articule, en silence, la même question : «C'est qui???»

Je lui fais signe d'arrêter. Je lui fais de gros yeux, mais elle me sourit avec un sourire qui veut dire : «Je vais finir par le savoir...»

-6-

Pendant la récréation

En regardant le tableau, je repense à ma belle grand-maman Lumbago et à son horoscope. Je n'en reviens pas. Un petit cœur dessiné sur une vulgaire feuille rose, ce n'est quand même pas un événement extraordinaire. Alors, dans ma tête, je me répète que ce n'est rien, de rien, de rien, de rien. Un point c'est tout. Je me fais de la suggestion mentale comme les athlètes que j'ai vus à la télévision. Ce n'est rien... ce n'est rien... ce n'est rien...

Et ça fonctionne. Après seulement dix minutes de suggestion mentale, je crois vraiment que ce n'est rien du tout. Je fais une boulette de papier avec la feuille rose puis je la lance dans le fond de mon pupitre. Voilà! C'est terminé. On passe à un autre sujet.

La cloche de la récréation résonne dans toute l'école. La plupart des élèves quittent la classe, mais Martine et Julie se lancent sur moi pour me mitrailler de questions :

— Tu es amoureuse? De qui?? Est-ce qu'on le connaît??? Est-ce qu'il est beau???? Vous êtes-vous embrassés????? Allez-vous vous marier??????

Deux autres de mes amies, Mélinda et Géraldine, entendent le mot «amoureuse». Elles se précipitent sur nous en nous posant, elles aussi, des questions en rafale :

— Qui est amoureuse de qui? Est-ce qu'on le connaît? Est-il beau? Est-ce quelqu'un de la classe? Quelqu'un de l'école?

Mon sang ne fait qu'un tour. Je m'énerve :

— WO! Les filles! Calmez-vous! Ce n'est pas moi qui suis amoureuse.

— Alors, c'est qui?

— Oui, c'est qui?

— Qui, ça? Qui, ça?

— Vite! Dis-le! Dis-le...

Elles m'énervent, mes amies, lorsqu'elles réagissent comme ça. On dirait qu'elles sont faites en maïs soufflé et que ça pétarade et que ça déborde de partout. Alors, pour ne pas me faire emporter par leur frénésie, je prends une grande inspiration, suivie par une très très longue expiration. J'essaie de leur dire calmement, en gardant la tête froide et en tentant de m'exprimer d'une façon claire et logique :

— Quelqu'un, quelqu'un que je ne connais pas, quelqu'un

d'absolument inconnu, quelqu'un d'incognito a glissé un cœur dans mon sac et je ne sais pas qui c'est!

— AH! font mes amies en ouvrant la bouche et en fronçant les sourcils comme si je venais de leur annoncer la fin du monde.

Alors, je répète pour récapituler et pour que tout soit bien clair et qu'on ne me pose pas mille questions :

— Quelqu'un d'inconnu, que je ne connais pas, mais qui doit me connaître, a ouvert mon sac en cachette et y a déposé un cœur...

— Quelle sorte de cœur? demande Mélinda...

— Un cœur en chocolat? demande Géraldine.

J'ouvre mon pupitre. Je déplie la boulette de papier et je montre le cœur à toutes mes amies, qui le regardent, la bouche grande ouverte.

— Tu es chanceuse, dit Martine.

— Moi aussi, j'aimerais en recevoir un! soupire Julie.

— Ce n'est même pas un vrai cœur de vrai amoureux, murmure Géraldine, un peu jalouse. Ton nom n'est même pas écrit dessus. Ce cœur peut appartenir à n'importe qui.

On se passe le cœur. On le regarde comme si c'était la plus grande merveille du monde. Soudain, Mélinda s'écrie :

— Regardez! Regardez! Quelqu'un a écrit quelque chose en dessous du cœur et l'a ensuite effacé.

Nous nous lançons vers les fenêtres de la classe. Mélinda colle la feuille de papier sur une vitre. En transparence, sous le cœur, nous pouvons lire très facilement : *À Noémie...*

Mon sang s'affole dans mes veines. Ma salive devient plus épaisse que du jus de tomate. Mes idées s'embrouillent. Mes jambes deviennent en caoutchouc. Il n'y a plus de doute possible, quelqu'un m'aime d'amour! Quelqu'un m'aime d'amour! J'ai peur. Je voudrais me sauver quelque part, ailleurs, n'importe où... mais je ne bouge pas. Je reste figée comme une statue devant la fenêtre.

— Je me demande bien qui a écrit ces mots, demande Martine.

— Et pourquoi ils ont été effacés, ajoute Julie.

— Et pourquoi le cœur s'est quand même retrouvé dans ton sac, demande Mélinda.

Bon, moi, j'en ai assez! Je prends la feuille rose, la chiffonne encore et la lance dans la poubelle. Je ne veux plus qu'on en parle.

C'est terminé. C'est une affaire classée. C'est...

— S'il y a un amoureux dans l'école, il me semble qu'il sera facile à trouver, dit Martine, comme si elle venait d'avoir une révélation.

Nous nous tournons toutes vers elle :

— Comment ça, facile à trouver? Il y a au moins deux cent cinquante garçons dans l'école.

Martine nous regarde comme si nous étions aussi intelligentes que des babouins :

— Écoutez, les filles, il faut procéder par élimination. Si on élimine les tout-petits de la première année et les grands de la sixième, si on élimine ceux qui sont trop studieux pour devenir amoureux, ceux qui font trop de sport, ceux qui ne sont pas beaux... si on élimine ceux qui sont trop bébés lala, si on élimine ceux qui n'ont vraiment, mais vraiment pas l'air amoureux, si on...

— Mais voyons donc, s'écrie Mélinda, c'est complètement ridicule comme raisonnement!

— Et en plus, un amoureux, à quoi ça ressemble? demande Julie.

— C'est pourtant facile à reconnaître, un amoureux, dit Martine. Un amoureux, ça regarde son amoureuse en clignant des yeux, en rougissant, en bégayant...

— Mais non, reprend Julie. Un amoureux, ça veut toujours embrasser son amoureuse, ça veut l'emmener au restaurant, au cinéma...

— Mais non, enchaîne Géraldine, un amoureux, ça donne des fleurs à son amoureuse. Un amoureux, ça écrit des poèmes d'amour à son amoureuse...

Et puis là, mes amies se mettent toutes à parler en même temps. Bla, bla, bla et rebla, rebla, rebla. Elles parlent de plus en plus vite, de plus en plus fort. Leurs voix résonnent dans la classe. Chacune d'entre elles sait exactement ce qu'est un amoureux, un vrai de vrai :

— Moi, je sais ce qu'est un amoureux, parce que ma grande sœur ne regarde que des films d'amour.

— Moi, je vais vous le dire, parce que ma cousine est amoureuse de son voisin.

— Vous ne comprenez rien ! Moi, mes parents sont encore amoureux !

— Moi, j'ai déjà lu un livre d'amoureux... Je peux vous en parler pendant des jours et des jours, si vous le voulez...

-7-

Julien Galipeau

Ce n'est pas croyable. Mes amies papotent. Elles s'obstinent. Elles parlent toutes seules. Elles haussent le ton, et puis tout à coup, CLAC, c'est le silence total, nous figeons sur place. Des bruits de semelles skwitch... skwitch... skwitch... s'approchent dans le corridor. Skwitch... skwitch... skwitch... Julien Galipeau entre dans la classe avec ses souliers de course tout neufs. En nous apercevant, il s'arrête, nous regarde d'un drôle d'air, et skwitch... skwitch... skwitch... il se rend jusqu'à son pupitre. Là, il fouille parmi ses affaires, trouve quelque chose

qu'on ne peut pas voir, dépose cette chose dans le fond de sa poche et repart en courant. Nous entendons ses pas s'éloigner, skwitch... skwitch... skwitch... et puis, c'est le silence, le silence total dans la classe.

Mes amies et moi, nous ne disons plus rien parce que nous réfléchissons tellement fort que les mots ne peuvent plus sortir de notre bouche.

Mais le silence ne dure pas longtemps. Encore une fois, nous nous mettons toutes à parler en même temps. C'est la cacophonie la plus totale. Chacune donne sa version des faits. Chacune parle du cœur, de l'inconnu, de Julien Galipeau et patati et patata...

Je n'en peux plus. Complètement exaspérée, je dis :

— Bon, les filles, arrêtez! Vous m'étourdissez! Je crois que vous regardez trop de films...

Je m'apprête à quitter la classe. Mes amies me suivent, mais, juste avant de partir, Géraldine se penche, ramasse le cœur chiffonné dans la poubelle et me le remet en disant :

— Tiens, Noémie! Tu devrais le garder!

Puis, Géraldine se penche et commence à fouiller dans la poubelle.

— Géraldine, que fais-tu?

— Je fouille dans la poubelle. Peut-être que je trouverai des indices... Peut-être que celui qui a dessiné le cœur a raté son coup à plusieurs reprises et peut-être qu'il a jeté des feuilles à la poubelle et peut-être...

Elle déplie tous les papiers trouvés dans la poubelle : des

brouillons, des notes de cours, de vieilles enveloppes déchirées, des emballages de tablettes de chocolat, mais aucun indice... Fiou! Je suis bien contente qu'elle ne trouve rien. Je crois que j'aime mieux ne pas le savoir, qui m'aime... Je préfère oublier tout ça...

Pendant que nous aidons Géraldine à replacer les papiers dans la poubelle, Martine nous dit :

— J'ai encore une bien meilleure idée...

— Quoi? Quoi? Quoi? Quoi?

— On pourrait fouiller dans le pupitre de Julien Galipeau, juste pour voir!!!!

— Mais on n'a pas le droit de faire une chose pareille, lance Géraldine.

Sans l'écouter, mes amies se lancent vers le pupitre de Julien

Galipeau. Elles fouillent dans ses cahiers, dans ses notes de cours, dans son sac d'école, et même dans son sac à lunch. Puis, elles se relèvent et juste à voir leur mine déconfite, je comprends qu'elles n'ont rien trouvé. Fiou! Je vais pouvoir oublier tout ça.

Mais Mélinda dit :

On pourrait fouiller partout!

— Partout? Où ça, partout? demandent les trois autres.

— Partout, ça veut dire partout, répond Mélinda.

— Mais on n'a pas le droit de faire ça! répète Géraldine.

En riant, mes amies se lancent entre les rangées. Elles fouillent dans les pupitres, dans les sacs...

Soudain, Julie s'écrie :

— Venez voir, ici!

Nous nous lançons toutes vers le pupitre de Jérémie Lanctôt-Larochelle. Julie nous montre des cœurs gravés sur le pupitre. Nous nous penchons pour examiner les indices, mais nous nous relevons aussitôt en donnant notre verdict :

— Ça n'a rien à voir!

— Les initiales sur les cœurs sont complètement effacées.

— Ce sont de vieux cœurs de vieux amoureux de l'ancien temps. Ils sont tout usés.

Pendant que mes amies continuent à chercher dans les autres pupitres, moi, je sors de la classe en disant :

— Je ne veux plus rien savoir de tout ça ! Je m'en fous complètement ! Je vais jouer dans la cour de récréation.

-8-
Dans la cour

Je quitte la classe, traverse le long corridor, ouvre la porte qui donne sur la cour de récréation et me retrouve devant des centaines d'élèves, qui jouent au ballon, qui placotent, qui s'amusent. Et là, je ne sais pas pourquoi, mais on dirait que le monde se divise en deux parties : d'un côté, il y a les filles ; de l'autre côté, il y a les garçons. Et, même si je ne le veux pas, même si je refuse de penser à tout ça, je me dis qu'il y a un de ces garçons qui est amoureux de moi. Je n'en reviens pas encore.

En sifflotant, en faisant semblant de rien, je me promène d'un groupe à un autre et je ne vois plus les filles. Je regarde les gars. Ils jouent au ballon. Ils se chamaillent. Ils rigolent. J'essaie de deviner lequel est amoureux de moi et ça me fait tout drôle à l'intérieur. On dirait que mon cœur bat plus rapidement que d'habitude. On dirait que j'ai les jambes molles comme du caoutchouc. Je jette des regards furtifs vers les garçons, mais aussitôt que l'un d'entre eux me regarde, je tourne la tête et je continue à siffloter.

Mais je n'ai pas le temps de me rendre bien loin, mes amies viennent me rejoindre, toutes excitées.

— Noémie, Noémie, qu'est-ce que tu fais?

Je n'ai pas besoin d'expliquer à mes amies ce que je fais. Elles le comprennent très bien. Elles me suivent en murmurant :

— Non, pas lui, il est trop vieux...

— Lui, il ne pense qu'à jouer au Nintendo...

— Peut-être lui, là-bas???

— Où ça? Où ça? Où ça?

— Non, il est trop moche.

— Lui, il est trop bon en mathématiques.

— Lui, il est déjà amoureux de Virginie en sixième année.

— Lui, sa mère ne voudrait jamais...

— Lui, il n'aime que son hamster...

— Lui, la seule chose qui l'intéresse, c'est le vélo...

— Lui, le soccer...

— Lui, il est trop beau, toutes les autres filles seraient jalouses...

— Lui... lui... lui...

Finalement, la cloche annonce la fin de la récréation. Nous entrons dans nos classes, nous nous assoyons sur nos chaises et la vie fait semblant de continuer. Madame Lapointe parle de mathématiques. Des chiffres sont écrits sur le tableau et moi, même si je ne le veux pas, même si je me fais de la suggestion mentale à deux cents kilomètres à l'heure, je n'ai plus qu'une question dans la tête, une question qui grossit et qui grossit au fur et à mesure que le temps passe : qui est amoureux de moi?

Une deuxième question vient se coller à la première : pourquoi moi?

Une troisième question vient se coller aux deux autres : qu'est-ce que je fais si, un jour, je le trouve?

Une foule d'autres questions s'ajoutent à toutes les autres : que va-t-il se passer si moi aussi je deviens amoureuse de lui? Que va-t-il se passer si je ne deviens pas amoureuse de lui? Qu'est-ce que je fais s'il veut me donner la main? S'il veut m'embrasser? Et surtout cette question complètement ridicule qui revient sans cesse : qu'est-ce que je fais s'il veut m'épouser comme dans les films de princesses? Je n'ai jamais porté une robe de ma vie!

Toutes ces questions me trottent dans la tête pendant que je mange mon lunch, pendant que mes amies me regardent en souriant d'un air complice. Puis, les questions reviennent me hanter pendant les cours de l'après-midi, pendant la dernière récréation et jusqu'à ce que la cloche sonne pour annoncer la fin des cours.

▲ ▼ ▲

En attendant le DDDRRRII-
IINNNGGG! Martine se précipite
vers moi :

— Vite, me dit-elle, il faut
que nous soyons les premières
dehors!

Je n'ai pas le temps de poser
de questions. Elle m'entraîne
sur le perron de l'école et s'installe
en vitesse sur le côté de l'escalier :

— D'ici, tu vas voir les garçons
sortir un par un, ça va être plus
facile!

Soudainement, les deux portes
s'ouvrent, comme poussées par
une force incroyable. En riant, en
sautillant, et en gesticulant les
élèves se précipitent hors de
l'école à toute vitesse. Je n'ai
même pas le temps de remar-
quer qui est qui! Tout se passe
tellement vite que les têtes, les

bras, les jambes se mélangent dans ma tête.

La situation est complètement ridicule. Je regarde Martine, placée de l'autre côté des marches, et je lui fais une grimace pour lui signifier que son idée n'était pas géniale du tout.

Lorsque tous les élèves sont sortis, moi je rentre dans l'école.

— Qu'est ce que tu fais? demande Martine.

— Je vais chercher mes affaires dans ma case...

— J'y vais avec toi!

— Non! J'y vais toute seule.

— Veux-tu que je t'attende dehors?

— Non, je veux rentrer chez moi, calmement... J'ai eu assez d'émotions aujourd'hui!

En bougonnant, Martine s'en retourne chez elle. Moi, je me dirige vers ma case. J'ouvre la porte et là, BANG! Je manque de m'évanouir. À l'intérieur de la porte de ma case, j'aperçois un cœur bleu dessiné sur une feuille blanche.

-9-

Le deuxième cœur

Le cœur battant, je ferme la porte de ma case.

J'attends quelques secondes. Deux filles de sixième année passent devant moi. Lorsqu'elles sont parties, je regarde à gauche et à droite. Il n'y a personne dans le corridor. J'ouvre encore la porte de ma case et j'aperçois, encore une fois, le cœur bleu fixé avec du papier collant, juste à la hauteur de mes yeux. Je ne sais plus que faire. J'ai le goût de crier, de pleurer. Mais je ne fais rien de tout cela. Je regarde le cœur et je cherche des indices. Il a été dessiné en bleu, mais avec le même genre de crayon gras que le premier cœur. Par contre, il a été fait sur une feuille lignée, une feuille comme on en trouve dans tous les cahiers d'exercices du monde.

Oups! Des pas résonnent dans le corridor. CLAC! je ferme la porte de ma case et j'attends. J'aperçois le concierge qui s'approche lentement avec son grand balai-brosse. J'ouvre la porte de ma case, j'arrache le cœur bleu, plie la feuille en quatre et la cache au fond de ma poche. Je ramasse mes livres de lecture, les enfouis dans mon sac et me dirige vers la sortie en espérant que je ne rencontrerai personne. J'ai une grosse boule dans la gorge, des nœuds dans l'estomac et les genoux en caoutchouc!

Fiou! je suis toute seule sur le perron de l'école. Je saute sur le trottoir et je me dirige vers la maison en essayant de ne penser à rien. Mais ce n'est pas facile de ne penser à rien quand on a deux cœurs dans la poche de son pantalon.

J'essaie de ne penser à rien, mais on dirait que tout le monde fait exprès pour que je pense à l'amour. C'est incroyable! Au coin de la rue, j'aperçois deux amoureux qui se tiennent par la main. Dans la rue principale, j'aperçois une dame, assise sur un banc. Elle lit un livre intitulé *L'amour qui rend fou.*

Un peu plus loin, je vois deux autres amoureux qui se bécotent comme des oisillons. Je baisse les yeux pour ne pas voir toutes ces démonstrations d'amour et puis PAF! j'aperçois un cœur gravé dans le ciment du trottoir. C'est écrit dans le cœur : *D. L. aime J. C.*

Je cesse de regarder le trottoir. Je lève les yeux et j'aperçois un autre cœur gravé, celui-ci, sur un poteau électrique. Un peu plus loin, je vois un graffiti : deux cœurs entrelacés.

Là, j'en ai assez. Je lève les yeux au ciel et je n'en reviens pas. Premièrement, je vois s'envoler un mariage d'hirondelles, puis j'aperçois un gros nuage en forme de cœur, puis un deuxième, puis un troisième. Je m'arrête au coin de la rue et je ferme les yeux. Je ne sais plus où regarder. On croirait que je suis poursuivie ! J'espère que je ne suis pas en train de devenir folle, ou quelque chose de pire, j'espère que je ne suis pas en train de perdre la raison !

Pour oublier tout ça, je cours jusqu'à la maison. Je monte les escaliers quatre à quatre, j'ouvre la porte de chez grand-maman et je crie en me lançant dans le corridor qui mène à la cuisine :

— Allô, ma belle grand-maman d'amour en chocolat meilleure que de la guimauve râpée sur des confettis aux framboises gratinées de caramel fondant!

Aucune réponse. Grand-maman n'est pas dans la cuisine. Mon verre de lait et mes biscuits ne sont pas sur la table. Le serin ne chante pas dans sa cage. Le chat ne rôde pas autour de moi comme d'habitude.

La porte de la cuisine est grande ouverte, je vais sur le balcon arrière en demandant :

— Grand-maman? Grand-maman, êtes-vous là?

Pas de réponse. Je reviens dans la cuisine et tout à coup, je perçois un curieux «snif... snif...» provenant du salon.

Je me lance dans le corridor, mais, juste avant d'arriver au salon, je m'arrête net. J'entends une voix d'homme murmurer :

— Mais moi, je t'aime plus que tout au monde... Je t'en supplie, embrasse-moi...

Le cœur battant, je n'ose pas m'approcher. Je dis :

— Grand-maman? Ça va?

Elle me répond :

— Oui, snif... snif... oui, Noémie, ça va...

Je m'avance encore un peu et je regarde dans le salon. Grand-maman est installée sur le canapé. Une boîte de mouchoirs de papier sur les genoux, elle pleure à chaudes larmes devant la télévision.

— Que se passe-t-il, grand-maman? Pourquoi pleurez-vous?

— Snif... c'est à cause du film. Snif... Le monsieur aime la

madame, qui ne peut pas l'aimer parce qu'elle en aime un autre, mais l'autre ne l'aime pas parce qu'il aime sa sœur qui est déjà mariée avec un homme qui la trompe, mais elle ne le sait pas encore...

— C'est donc bien compliqué!

— Mais non, snif... snif... Ce n'est pas compliqué, c'est émouvant.

Bon, moi j'en ai assez de toutes ces histoires d'amour. Je ne suis plus capable... Il me semble que la vie était beaucoup plus facile avant que je trouve ces foutus cœurs.

Je laisse ma grand-mère à ses mouchoirs de papier. Je quitte le salon, me rend à la cuisine, me verse un grand verre de lait, m'assois à la table et, en feuilletant le journal, je mange mes biscuits préférés... heu... ceux qui sont remplis de... heu... de petits cœurs en chocolat.

Ensuite, je fais mes devoirs et j'étudie mes leçons. Lorsque son film d'amour est terminé, grand-maman me rejoint à la cuisine. Ses yeux sont pleins d'eau. Elle soupire :

— Excuse-moi, Noémie, mais ce film m'a tellement émue.

— Pourquoi, il vous a émue?

— Parce qu'il m'a rappelé de beaux souvenirs...

— Des souvenirs de votre amoureux, dans l'ancien temps?

— Oui, c'est ça, répond-elle en essuyant ses joues avec le revers de sa main.

Puis, elle trottine vers le petit radio sur le comptoir :

— Mon Dieu Seigneur, je vais écouter un peu de musique pour me changer les idées.

Mais là, il n'y a rien pour se changer les idées. Aussitôt la radio ouverte, nous entendons une chanson d'amour. Le chanteur hurle : JJJEEE TTT' AAAIIIMM-MEEE! à en perdre la voix.

Grand-maman soupire :

— Bon, bon, bon...

Elle syntonise un autre poste. Nous tombons, encore une fois, sur une chanson d'amour. Cette fois-ci, la chanteuse ne veut

absolument pas que son amoureux la quitte. Elle crie : NE ME
QUITTE PLUS JAMAIS! avec de
gros trémolos dans la voix.

Grand-maman répète :

— Bon, bon, bon...

Puis, elle syntonise encore un
autre poste et nous tombons
sur une émission qui s'appelle
«l'horoscope de l'amour».

— Mon Dieu Seigneur, soupire
grand-maman, c'est une reprise
de l'émission de ce matin...
Écoute bien, Noémie, tu vas
savoir ce qui va se passer aujour-
d'hui!

En faisant semblant de rien,
je réponds :

— Je m'en fous de savoir ce
qui va se passer, aujourd'hui!

— Mon Dieu Seigneur, de mon
Dieu Seigneur, continue de dire
grand-maman en cherchant un
autre poste.

Et là, je manque de tomber en bas de ma chaise. Nous écoutons une émission dans laquelle les gens sont invités à raconter leurs plus belles histoires d'amour. C'est incroyable ! Je suis poursuivie ! Il y a de l'amour partout !

Je termine mes devoirs et mes leçons en écoutant des amoureux qui racontent comment ils se sont rencontrés, comment ils se sont aimés, comment ils s'aiment encore, etc... Je n'en peux plus, je n'en peux plus, je n'en peux plus !

— Grand-maman, je suis un peu fatiguée... je vais descendre chez moi, en bas, et je vais attendre mes parents. Ils devraient arriver d'une minute à l'autre.

— Tu ne veux pas souper avec moi, ce soir ?

— Heu, non... pas ce soir... j'en ai assez des histoires d'amour... pour aujourd'hui...

— Je peux changer de poste, suggère grand-maman, de plus en plus intéressée par l'histoire que raconte une dame à la radio.

— Non... non... je vais descendre. J'ai besoin de réfléchir!

J'embrasse ma belle grand-maman en chocolat fondant, puis je descends chez moi. Mes parents ne sont pas encore arrivés. J'ai la paix, la sainte paix. Je me sers un grand verre de jus et je marche dans la maison sans me faire harceler par des histoires d'amour.

Soudain, un bruit provient de l'extérieur. Je regarde par la fenêtre du salon et j'aperçois le facteur qui s'éloigne. J'ouvre la porte, puis je ramasse les lettres dans la boîte. Il y a deux comptes, un paquet pour mon père et j'y trouve aussi une feuille pliée en deux. J'ouvre la feuille et je dois m'appuyer contre le cadre de la

porte pour ne pas m'évanouir.
Sur la feuille, il y a un gros cœur
vert dessiné au crayon gras!

-10-
POUSH! POUSH!

Là, je l'avoue, c'est trop. Et quand je dis trop, c'est vraiment plus que ça. C'est le troisième cœur que je reçois aujourd'hui. Sur la feuille de papier, il n'y a aucun timbre, aucune adresse. Donc, quelqu'un est venu porter ce cœur dans ma boîte aux lettres. Donc, ça ne peut pas être une méprise, une erreur, une distraction ou quelque chose comme ça.

Je m'assois sur le balcon devant la maison. Je réfléchis, je réfléchis pendant plus d'une heure et je ne trouve rien de génial. On dirait que mon cerveau est tellement excité qu'il tourne à vide.

Ma mère gare la voiture devant la maison. En vitesse, je plie le cœur vert, puis je le cache dans le fond de ma poche. Ma mère sort de l'automobile et se dirige vers moi en répétant :

— Quelle journée de fou ! Quelle journée de fou !

Elle m'embrasse, se relève et me demande :

— Ça va, Noémie ?

— Oui... oui... ça va... ça va...

Ma mère entre dans la maison. Quelques instants plus tard, mon père arrive à pied. En m'apercevant, il me dit :

— Allô Noémie... quelle journée de fou... quelle journée de fou...

Il m'embrasse à son tour et me demande :

— Ça va, Noémie ?

— Oui... oui... ça va... ça va...

Mon père disparaît dans la maison. Je reste seule sur le

balcon. Je ne sais plus que faire. Je me sens complètement perdue.

▲ ▼ ▲

Je passe plus d'une heure à ne rien faire sur le balcon, puis la porte avant s'ouvre et mon père lance en chantant :

— Noémie, le souper est prêt!

Sans dire un mot, je mange en compagnie de mes parents. Ils se parlent, ils sourient, ils se font des petits clins d'œil. Et moi, je ne dis rien. Je reste figée devant mon assiette. Mon père me demande :

— Que se passe-t-il, Noémie? Tu ne parles pas, tu ne manges pas.

Je ne réponds pas. Devant mes parents surpris, je me lève d'un bond, je m'enferme dans la salle de bain et je remplis la baignoire

d'eau chaude. J'ajoute beaucoup de liquide pour faire des bulles, puis je me déshabille et je me glisse dans l'eau savonneuse en essayant de ne pas penser que quelqu'un, quelque part, m'aime.

Ma mère vient me rejoindre dans la salle de bain. En faisant mine de se maquiller, elle me pose des questions très subtiles du genre : ça va, Noémie? As-tu passé une bonne journée? Comment c'était à l'école? As-tu eu un examen difficile? T'es-tu chicané avec quelqu'un?

Bien calée dans l'eau chaude, je ferme les yeux et je réponds vaguement à toutes ses questions :

— Ouais, ouais, mmm, mmm, hummm, hummm...

▲ ▼ ▲

Lorsque ma mère a terminé sa séance de maquillage, je quitte le bain, j'enfile une robe de chambre et je m'approche de la glace. Je regarde mes yeux, mon nez, ma bouche, mon menton... On dirait que je me vois pour la première fois de ma vie. Il me semble que mes yeux sont trop grands, que mon nez est trop gros, que ma bouche est trop petite, que mon menton est ridicule. Et là, sans le vouloir, ma main droite s'empare de la trousse de maquillage de ma mère. Sans le vouloir, ma main gauche fouille à l'intérieur du sac. J'en sors un beau tube de rouge à lèvres et, toujours sans le vouloir, j'applique du rouge sur le contour de ma bouche. Ensuite, sans le vouloir, j'étends un peu de poudre rose sur mes joues, puis avec un crayon noir, je trace une ligne sur mes paupières. Comme si ce n'était pas assez, je m'empare d'un flacon de parfum et POUSH POUSH POUSH je m'en asperge dans le cou. Hum, ça sent bon!

J'ouvre un autre flacon de parfum et je me POUSHE-POUSHE les bras, puis les jambes avec une autre fragrance, puis les pieds avec un autre vaporisateur.

Toute maquillée, toute parfumée, je ne me reconnais pas. Je ressemble à une vedette de cinéma.

Je me fais des sourires, je me fais des yeux doux, puis je m'approche de la glace. Je m'approche si près que j'en ai les yeux croches. Je ferme les yeux et j'embrasse la vitre en imaginant que je donne un baiser à mon amoureux, heu, à un amoureux que je ne connais pas mais que j'essaie d'imaginer : il a les yeux de Julien numéro deux, les cheveux de Maxime, les oreilles de Stéphano, et surtout, surtout la belle bouche de Martin Papineau-Leblanc.

Je donne un petit bec au miroir et je reste là, les yeux fermés, à imaginer ce que devrait être un véritable baiser comme ceux que l'on voit dans les films. Mais soudain, j'entends la poignée de la porte tourner sur elle-même. Heureusement, je l'ai verrouillée de l'intérieur. J'entends mon père demander :

— Vite Noémie, je dois me raser. J'ai une réunion importante ce soir...

En catastrophe, je réponds :

— Oui... oui... juste un instant !

À toute vitesse, j'appuie sur le commutateur pour activer le système de ventilation de la salle de bain. Je dépose les petites bouteilles de parfum, le fard, le rouge à lèvres dans la trousse de maquillage. Puis, avec une débarbouillette, je me lave la figure. Mais ce n'est pas facile de se démaquiller en dix secondes ! OUACH ! OUACH ! Le rouge à lèvres se mélange au fard, le mascara coule sur mes joues. J'ai l'air complètement ridicule.

BANG ! BANG ! BANG ! Mon père frappe encore à la porte. Je lui crie :

— Un instant ! Je sors !

Paniquée, je me savonne la figure avec du savon pour les mains. Après quelques secondes de frottage et de rinçage à l'eau chaude, je finis par enlever presque tout le maquillage. J'ai la peau de la figure encore barbouillée. Je ne sais plus que faire, j'ai l'air d'un clown qui s'est démaquillé trop vite.

— BANG! BANG! BANG! Vite Noémie!

Pour ne pas qu'on remarque mon visage tout barbouillé, je me couvre la tête d'une serviette, puis en criant «bonne nuit» à mes parents, je quitte la salle de bain et je me précipite dans ma chambre. En vitesse, je baisse le rideau, éteins la lumière, me lance dans mon lit et me cache sous mes couvertures.

Impossible d'avoir la paix deux minutes! Ma mère vient me

rejoindre. Elle s'assoit près de moi et dit, en inspirant très fort :

— Mais que ce passe-t-il, Noémie? Snif, snif, snif, on dirait que ça sent le parfum, ici...

Je ne réponds rien. J'enfouis ma tête sous mon oreiller en murmurant :

— Bonne nuit, maman...

Elle répond, un sourire dans la voix :

— Noémie, je ne te comprends pas... Veux-tu m'expliquer pourquoi tu te couches à sept heures du soir?

Recroquevillée dans mes draps, je ne trouve comme seule réponse que ces bouts de phrases entendus mille fois :

— Je... heu... J'ai eu une journée très difficile... Je suis complètement débordée... Je suis très fatiguée... Bonne nuit, maman...

Elle se penche et murmure :

— Tu sais Noémie, si tu veux me parler, je serai toujours là pour t'écouter...

Elle me borde, elle ferme la porte de ma chambre, puis elle s'éloigne dans le corridor. Sans plus attendre, je sors du lit en vitesse. Je me précipite vers la fenêtre, et je l'ouvre toute grande parce que je suis en train de m'asphyxier à cause de tous ces parfums qui se mélangent sous mes draps.

-11-

Les cauchemars d'amour

Je me recouche dans mon lit et j'essaie de ne penser à rien. J'essaie de ne rien imaginer. Mais ce n'est pas facile. Je me dis et me répète :

— Noémie, tu ne dois rien imaginer. Noémie, tu dois faire le vide dans ton cerveau. Noémie, tu dois dormir comme une grande fille...

Mais ce n'est pas facile de dormir à sept heures trente quatre minutes... Alors, je commence à compter les moutons. Un... deux... trois, mais finalement les moutons se transforment en cœurs. Alors, j'essaie de compter les cœurs.

Un… deux… trois… quatre… mais lentement, les cœurs se transforment en amoureux. Alors, j'essaie de compter les amoureux. Un… deux… trois… quatre… cinq… Rendue à six amoureux, je glisse dans un cauchemar, un petit cauchemar de rien du tout : je me retrouve à l'école, dans ma classe. Je rêve que tous les garçons de ma rangée sont amoureux de moi. Ils n'arrêtent pas de se retourner, de me regarder, de me faire des sourires coquins. Et puis les garçons de ma rangée deviennent flous, ils disparaissent dans un autre rêve. Un rêve dans lequel ce sont tous les gars de ma classe qui sont tombés amoureux de moi. Ils veulent tous me parler, me raconter des histoires, m'embrasser. J'essaie de me sauver, mais la porte de la classe est verrouillée. Je frappe dans la porte. Je veux sortir, mais j'entends toujours la voix de mes amoureux répéter : «On t'aime, Noémie, on t'aime». Pour ne pas les entendre, je fouille dans la poubelle de la classe. J'y trouve tout plein de morceaux de cœurs déchirés et je les enfonce dans mes oreilles. Mais je continue d'entendre : «On t'aime, Noémie... On t'aime». Pour ne plus les entendre, je donne des coups de pied et des coups de poing dans la porte de la classe et soudainement, elle devient molle comme du caoutchouc. Je passe au travers de la porte et je me sauve en courant dans un long corridor. Tous les gars de toutes les classes sortent en trombe de leur cours et me poursuivent en criant : «Noémie, mon amour... Noémie, mon amour». Complètement paniquée, je cours jusqu'au bout du corridor, passe à travers le mur, et tombe sur le trottoir. Je cours à gauche, à droite. J'essaie de changer brusquement de direction, mais tous les gars de l'école, du plus petit au plus grand, du plus maigre au plus gros, me poursuivent dans les ruelles, entre les maisons, dans les cours, par-dessus les clôtures, sous les haies. Je cours, je cours à perdre haleine. J'arrive devant

ma maison et je pense vite : si je monte chez grand-maman, ils vont défoncer l'escalier, ils vont faire craquer le balcon, ils vont tout briser dans l'appartement. Alors, en vitesse, j'entre chez moi, au rez-de-chaussée. Je verrouille la porte. Han... han... han... je suis tout essoufflée. Mon cœur bat à deux cents pulsations par minute. Mais je n'ai pas le temps de me reposer. Un à un, les amoureux

viennent sonner à ma porte. J'entrouvre le rideau et je jette un coup d'œil à l'extérieur. Il y a une enfilade de garçons devant la maison. Mais ce n'est pas tout. J'en vois d'autres arriver à pied, en trottinette, en vélo, en auto, en camion, en fusée, en soucoupe volante. Certains ont un bouquet de fleurs à la main. D'autres portent de grosses boîtes de chocolat sur leur dos. Chacun me chante une chanson d'amour. Chacun explique pourquoi il m'aime. Et puis, comme je ne dis rien, comme je ne leur réponds pas, ils quittent le devant de la maison. Déçus, ils abandonnent leurs bouquets sur le perron. À la fin de ce cauchemar, il y a tellement de fleurs sur le balcon, sur le trottoir et dans la rue que les piétons ne peuvent plus marcher, que les automobiles restent bloquées, que toute la circulation est arrêtée. Il y a tellement de fleurs que je ne peux plus sortir de chez moi, ni par la porte avant, ni par la porte arrière. Il y a tellement de fleurs que, pour m'en sortir, je dois me glisser dans la cheminée et me sauver dans une autre ville, en haut d'un immense gratte-ciel, plus haut que les nuages. Mais, en l'espace de trois secondes et demie, tous les garçons de la ville me retrouvent, me donnent encore des milliers et des milliers de bouquets jusqu'à ce que je sois obligée de changer de pays, de me sauver ailleurs, le plus loin possible. Je prends l'avion pour me glisser dans un autre cauchemar. Je fais plusieurs fois le tour de la terre poursuivie par tous les garçons de la planète. Ils sont des millions et des millions à me chanter des chansons d'amour dans toutes les langues et sur tous les tons. Ils me lancent des cadeaux. Ils m'envoient des baisers avec leurs mains. Je vois leurs cœurs battre à travers leurs chemises. Et puis l'avion se transforme en fusée. Nous quittons l'orbite terrestre. Je suis enfin seule... Mais, oh non! Ma fusée est encerclée de soucoupes volantes et de vaisseaux intergalactiques. Par les hublots, j'aperçois des milliers d'extra-terrestres qui m'envoient la main en soupirant. Des astronautes sortent de leurs cabines et s'approchent avec des bouquets d'étoiles en forme de cœur. Je n'en peux plus! Je n'en peux plus! Je ferme les yeux. La fusée disparaît, tout le reste s'évapore. Je tombe dans le vide, un grand vide intersidéral. J'essaie de m'agripper à quelque chose. J'ouvre les yeux. Fiou!

Je me retrouve dans mon lit, accrochée à mon oreiller.

Je me rendors aussitôt. Et aussitôt, je tombe dans un autre cauchemar. J'essaie de résister, j'essaie de me réveiller, mais c'est impossible, je suis enfermée à l'intérieur de cet incroyable rêve dans lequel tous mes amoureux m'attendent pour m'accompagner à l'école. Nous sommes deux cent cinquante personnes à marcher sur le trottoir, à traverser les rues, à courir partout. Chacun de mes amoureux veut m'offrir du chocolat, mais je refuse. Alors, ils laissent tomber leurs friandises sur le trottoir. Le chocolat fond sous la chaleur du soleil. Le chocolat se répand dans les rues. Le chocolat envahit la ville. Tout le monde glisse sur le chocolat. Les semelles chocolatées au maximum, nous entrons dans l'école. Nous sommes maintenant deux cent cinquante dans ma classe, qui est une toute petite classe. Il y a des élèves partout, grimpés sur les pupitres, sur les tableaux, sur les armoires et même au plafond. Les murs de la classe craquent sous le poids des élèves. L'école au complet explose et nous nous retrouvons éjectés dans un autre cauchemar. Je rêve que toutes les filles de l'école sont jalouses, très jalouses de moi. Elles ne me parlent plus, ne me regardent plus. Elles disent que je ne suis pas belle, pas gentille, pas ceci, pas cela, trop comme ceci, trop comme cela. Je les écoute en pleurant. Puis, je me sauve sous le perron de l'école. Alors, tous mes amoureux se retournent vers les autres filles. Ils se parlent, ils rigolent. Petit à petit, des couples se forment. Tous les couples disparaissent et je me retrouve toute seule au monde. Il n'y a même plus d'oiseaux dans les arbres. Il n'y a plus de fourmis sur le sol. Le ciel gronde. Le tonnerre claque dans le ciel. Il commence à pleuvoir et à pleuvoir et à pleuvoir. Il pleut tellement que l'eau monte, monte, monte. Je suis emportée par le courant. Je ne peux m'agripper à rien. Je crie : «Au secours! Au secours!» J'ai tellement peur que je me réveille, dégringole en bas de mon lit et ouvre les yeux.

Fiou!

C'est le matin. Dehors, j'entends la pluie tomber. Je ferme la fenêtre de ma chambre, j'ouvre le rideau, je m'étire un peu, je bâille et tout à coup, en regardant sur mon bureau, mon cerveau veut exploser, ma tête veut exploser, mon corps tout entier veut exploser. Je me pince pour être bien certaine que je ne rêve plus. AOUTCH! Je me repince encore et encore AOUTCH! AOUTCH! Non, je ne rêve plus. Je me frotte les yeux pour être bien certaine que je ne cauchemarde plus. Non, je ne cauchemarde plus. Devant moi, sur mon bureau, j'aperçois les trois cœurs que j'avais cachés dans le fond de ma poche; les trois cœurs, le rouge, le bleu et le vert, bien dépliés sur mon bureau. Je ne comprends plus rien. Rien, de rien, de rien...

-12-

Le déjeuner célèbre

Encore une fois, je plie le cœur rouge, et le bleu, et le vert. Je les lance dans la poubelle, tout près de ma table de travail. Je ne comprends plus rien, et je déteste ça. En réfléchissant, je quitte ma chambre et je ne comprends toujours pas... Je décide de prendre une douche froide pour me réveiller. Sous la douche, je réfléchis encore, mais plus je réfléchis, et moins je comprends. Je sors de la salle de bain, complètement frigorifiée, le cerveau roulant à deux cents kilomètres à l'heure et je ne saisis toujours pas comment ces trois cœurs se sont retrouvés sur ma table de travail.

J'entre dans la cuisine. Mon père me dit bonjour, la tête cachée derrière son journal. Ensuite, il me regarde pour me faire un gros clin d'œil.

Ma mère me dit bonjour en préparant mon lunch. Elle se retourne, me regarde avec des yeux de biche attendrie et me fait, elle aussi, un clin d'œil complice.

Je m'assois à ma place. Je leur demande :

— Ça va, vous deux?

Sans même se consulter, en rougissant un peu, et en regardant dans le vague, mes parents répondent du tac au tac :

— Oui! Oui! Et toi, ça va... vous deux?

Je suis tellement surprise que je manque de m'étouffer

en buvant mon lait. Je leur demande :

— Qu'est-ce qu'il y a?

— Rien... rien...

— Mais alors, pourquoi me regardez-vous comme ça?

— Pour rien... murmure mon père, qui fait semblant de lire son journal.

— Veux-tu que je prépare un sandwich de plus, Noémie? demande ma mère.

— Pourquoi un sandwich de plus?

— Je ne sais pas, moi, pour l'offrir à quelqu'un...

— Qui ça, quelqu'un?

— Quelqu'un que tu aimes bien, répond mon père, les yeux fixés sur le journal.

Puis il ajoute en tournant une page :

— Veux-tu que je te lise ton horoscope pour aujourd'hui?

— NON!

Là, je l'avoue, je suis complètement perdue dans la brume. Je mange mes céréales en essayant de comprendre quelque chose. On dirait que mes parents sont tombés sur la tête!

Soudain, ma mère ajoute, très subtilement :

— Noémie, j'ai lavé tes pantalons hier soir...

Et là, en disant «merci maman», un éclair jaillit dans ma tête. Je comprends tout. Hier soir, ma mère a lavé mes pantalons. Elle a vidé les poches et elle a trouvé les trois cœurs pliés. Elle les a déposés sur mon bureau pendant que je dormais, puis elle en a parlé à mon père. Tous les deux s'imaginent que je suis tombé amoureuse de quelqu'un... C'est la raison pour laquelle ils me regardent tous les deux avec ce petit air coquin.

Je n'ai vraiment, mais vraiment pas le goût d'amorcer une discussion sur ce sujet parce qu'ensuite, ils vont me mitrailler de questions. Ils vont vouloir tout, tout, tout savoir. Surtout ma mère. Je la connais bien, elle fait la même chose, au téléphone, avec ses amies. Elle leur pose des dizaines, des centaines, des milliers de questions. Cela peut durer des soirées entières. Lorsqu'elle dit : «Je vais téléphoner à Huguette, ou Jocelyne, ou Lise, il leur est arrivé quelque chose!» ça veut dire que l'une d'entres elles est soit amoureuse, soit en peine d'amour. Alors, ma mère sort sa grande liste de questions, de conseils, de suggestions. Ensuite, elle en parle à une autre de ses copines, qui en parle à une autre. Ses autres amies la rappellent et ça peut durer comme ça des semaines et des semaines, pour ne pas dire des mois complets.

Alors, comme je n'ai vraiment pas le goût de subir un interrogatoire en règle, juste pour désamorcer la situation et en même temps pour les faire paniquer un peu, je réponds :

— Un sandwich de plus, ce ne serait pas suffisant pour contenter tous mes prétendants. Pourrais-tu en faire une bonne douzaine de plus?

En entendant ces mots, mon père avale de travers sa gorgée de café. Il s'étouffe et la recrache sur son journal. De son côté, ma mère fait de grands yeux étonnés. Elle dit AOUTCH! en se coupant légèrement le doigt avec le couteau. J'ajoute :

— Et puis, à bien y penser, pourrais-tu faire quatre pains complets de sandwichs, afin qu'il y en ait assez pour tout le monde!

Pendant que ma mère passe son doigt sous l'eau froide, mon père me regarde avec étonnement. C'est à leur tour de ne rien comprendre. Alors, j'ajoute en me levant :

— Bon, moi je dois partir pour l'école, parce que beaucoup, beaucoup, beaucoup de garç... heu, beaucoup d'amis m'attendent avec impatience.

En vitesse, je ramasse les deux sandwichs que ma mère vient de faire, je prends un jus dans l'armoire, une pomme dans le bol de fruits et des biscuits dans un gros pot. J'embrasse mes parents, estomaqués, en leur disant :

— Ah! J'oubliais! Ce soir, je rentrerai très tard!

— Très tard, comment? demande mon père.

— Je ne sais pas, j'ai tellement de rendez-vous que je ne reviendrai probablement pas avant demain matin...

Voyant que je fais une blague, ma mère m'embrasse en murmurant :

— À ce soir, ma chérie!

— Bonne journée, mon amour! ajoute mon père.

Je n'ai pas le temps de l'embrasser, dring... dring... dring... on sonne à la porte. Je dis en me lançant vers l'entrée :

— Je vais ouvrir... ça doit être eux!

J'ouvre la porte pour apercevoir Martine, Julie, Mélinda et Géraldine, qui me demandent toutes en même temps :

— Et puis, est-ce qu'il y a du nouveau? Sais-tu qui est ton amoureux?

Je leur réponds en parlant très fort pour que mes parents comprennent :

— CHUT! les filles... c'est un secret...

Je ferme la porte de la maison et je me rends sur le trottoir. Là, je demande à mes amies de m'attendre un peu. Avant de partir pour l'école, je dois aller embrasser ma belle grand-maman Lumbago.

-13-
Sur les genoux de grand-maman

Pendant que mes amies papotent au bas de l'escalier, je monte les marches quatre à quatre et je rentre chez grand-maman. Elle est installée dans la cuisine, devant sa tasse de thé, devant son journal et... oh non! Ce n'est pas vrai... devant un cœur rose, dessiné au pastel gras sur une feuille blanche.

Je n'en peux plus! Je n'en peux plus!! Je n'en peux plus!!! Je sens un grand frisson me parcourir le corps. Mais en faisant semblant de rien, je demande :

— Qu'est-ce que c'est, ça?

— Ça, c'est mon thé, répond grand-maman, les yeux fixés sur son horoscope.

— Non ! Ça ?

— Ça ? C'est mon journal...

— Ça ! Ça, grand-maman ?

— Ah ! Ça ? C'est un cœur que j'ai trouvé ce matin dans ma boîte aux lettres en allant chercher le journal...

— C'est tout ?

— Mais oui, c'est tout !

— Vous recevez un cœur et ça ne vous fait rien... rien de rien ?

— C'est probablement un enfant qui l'a dessiné et qui s'est trompé d'adresse.

En disant ces derniers mots, les pupilles de grand-maman s'illuminent. Elle me regarde avec ses petits yeux rieurs :

— À moins que ce cœur ne soit destiné à une jeune fille, une belle jeune fille qui est souvent ici, le matin, l'après-midi, le soir.

J'essaie de faire semblant de ne pas comprendre, mais je deviens rouge comme une tomate et là, pour une des rares fois de ma vie, je ne sais plus quoi dire. Je reste muette, immobile devant ma grand-mère, qui recule sa chaise, se tourne vers moi et ouvre les bras pour m'accueillir en murmurant :

— Ma chère Noémie d'amour, veux-tu que je te lise ton horoscope pour aujourd'hui?

Je réponds, en me lançant dans ses bras :

— Non ! Je ne veux surtout pas savoir ce que la journée me réserve !

Je colle ma joue sur l'épaule de grand-maman. Son vieux cœur fait toc toc, boum, boum. Nous restons là, pendant quelques minutes, à échanger des mmm... mmm... mmm... puis, même si je connais la réponse à ma question, je demande :

— Est-ce que vous m'aimez ?

— Mon Dieu Seigneur... tu sais bien que je t'aime, répond grand-maman en me serrant dans ses bras et en me caressant les cheveux.

— Non, je veux dire, est-ce que vous m'aimez... d'amour ?

— Mais bien sûr, personne au monde ne t'aime plus que moi !

— Grand-maman, je sais bien que vous m'aimez, mais vous ne m'aimez pas d'un amour... d'amoureux?

— Ce n'est pas la même sorte d'amour, murmure grand-maman, un peu embarrassée par la question.

— Bon, alors, c'est quoi la différence?

Le cœur de ma grand-mère accélère sa course. Elle avale une petite gorgée de thé, elle tourne la tête de gauche à droite. On dirait qu'elle cherche la réponse à ma question mais qu'elle ne trouve pas les mots.

Elle finit par balbutier :

— Mon Dieu Seigneur que ce choses-là sont difficiles à expliquer... Tu vois, il existe plusieurs sortes d'amour... On aime nos amis, on aime nos parents, on aime manger de la crème glacée, on aime regarder la télé-vision et on emploie toujours le verbe «aimer».

Grand-maman soupire très fort, puis elle ajoute :

— C'est la raison pour laquelle nous devons ajouter des qualificatifs au mot «amour». Nous disons «Le grand amour». Nous disons «Je t'aime bien». Nous disons «Je t'aime à la folie»... mais, c'est quand nous disons tout simplement «Je t'aime» que nous dévoilons ce qui se cache au plus profond de notre cœur.

— Grand-maman... pensez-vous qu'un jour, je vais tomber amoureuse de... quelqu'un?

— Mais bien sûr que oui, répond grand-maman en me serrant si fort que j'ai de la difficulté à respirer.

Elle ajoute en me regardant avec ses yeux mouillés :

— Un jour, tu rencontreras l'amour de ta vie, comme moi, j'ai rencontré le mien.

— Mais comment en êtes-vous certaine?

— Parce que c'est dans la nature des choses... Mon Dieu Seigneur, ne t'inquiète pas pour ça... chaque chose en son temps!

— Que voulez-vous dire?

— Là, tu es une toute jeune fille. C'est le temps d'étudier, de jouer, de t'amuser. Plus tard, tu grandiras, ton corps se transformera, tu deviendras une femme, tu auras un emploi, un amoureux, et...

— Et pensez-vous que je pourrais avoir trois amoureux en même temps? Et peut-être un quatrième?

Grand-maman me regarde avec stupéfaction:

— Quatre amoureux en même temps? Comment ça, quatre amoureux en même temps?

Bien installée sur les genoux de ma grand-maman, j'oublie complètement mes amies qui m'attendent et je lui raconte tout ce que j'ai vécu depuis hier. Je lui parle des quatre cœurs de différentes couleurs...

Grand-maman m'écoute en répétant «mmm... mmm... mmm» comme si elle comprenait exactement ce qui m'arrive.

Elle murmure :

— Ne t'en fais pas avec tout ça... Si un garçon est amoureux de toi, tu le sauras bien assez vite...

— Oui... mais... je ne suis pas certaine de vouloir vraiment le savoir... parce que moi, je ne suis pas amoureuse et en plus, je ne sais même pas ce que c'est que d'être amoureuse.

— Ne t'inquiète pas pour ça. Le jour où tu seras vraiment amoureuse de quelqu'un, tu ne te poseras même pas cette question. Tu vas le savoir au plus profond de toi...

Puis, la voix de grand-maman devient toute mielleuse :

— Tu sais, Noémie, l'amour est une des plus belles choses au monde, mais c'est aussi un très grand mystère. Nous pouvons nous rendre sur la lune, nous sommes capables de construire d'immenses gratte-ciel, mais nous ne savons presque rien de l'amour...

Pendant qu'elle parle de l'amour, le cœur de grand-maman accélère, accélère encore :

— Mon Dieu que je t'aime, ma petite Noémie !

— Moi aussi, je vous aime, ma belle grand-maman...

Nous ne disons plus rien. Nous restons dans les bras l'une de l'autre et nous échangeons d'autres mmm... mmm... mmm... encore des mmm... mmm... mmm... et toujours des mmm... mmm... mmm... à n'en plus finir.

Après plusieurs minutes de mmm... je relève la tête et je demande :

— Avez-vous des petits cadenas?

— Des cadenas? Mais pour faire quoi, des cadenas?

— Pour verrouiller la porte de ma case et pour verrouiller mon sac à dos...

— Et, peut-être, pour verrouiller ton cœur?

— ... Je... heu...

-14-

Le cœur de retailles
de gomme à effacer

Grand-maman fouille dans le tiroir de bric à brac de la cuisine. Elle trouve des bouts de ficelles, un vieux morceau de broche, des élastiques, mais elle ne trouve pas de cadenas. Grand-maman m'embrasse en soupirant :

— Noémie, souviens-toi qu'il est impossible d'enfermer l'amour...

À mon tour, j'embrasse ma grand-mère, je traverse le corridor en courant, j'ouvre la porte, m'avance sur le balcon et regarde en bas. Il n'y a plus personne. Mes amies ont disparu.

Je cours jusqu'au premier coin de rue : personne. Je me rends au deuxième coin de rue : personne. Et ainsi de suite jusqu'à l'école. Je regarde dans la cour de récréation : personne. Oh la la! J'ai parlé trop longtemps avec ma grand-mère. Je crois bien que je suis en retard. J'essaie de rentrer dans l'école par la porte qui donne sur la cour mais elle est verrouillée. J'essaie d'entrer par la porte principale. Elle est verrouillée elle aussi. Alors, la mine basse, j'appuie sur la sonnette de la porte d'entrée.

Dring, dring...

Après quelques secondes d'attente, la secrétaire, madame Faniel vient m'ouvrir la porte. Elle me demande :

— Ça va, Noémie?

— Je... heu... oui, ça va... je m'excuse d'être en retard... je... je parlais avec ma grand-mère de...

heu... et mes amies m'attendaient en bas de l'escalier parce que j'ai reçu quatre... heu... et, le temps de chercher des cadenas, le temps a passé si vite que, même en courant, je suis arrivée en retard... vous comprenez?

— Pas vraiment, répond madame Faniel.

— Vous n'avez qu'à appeler ma grand-maman. Elle va tout vous expliquer.

— C'est ce que je vais faire tout de suite. En attendant, dépêche-toi...

Je me précipite dans ma classe. C'est encore la remplaçante, madame Lapointe, qui est présente. Je me dirige vers ma place mais, à peine installée, mes yeux se posent sur le dessus de mon pupitre. Mon sang se met à palpiter dans mes artères, j'ai l'impression que la terre tremble : j'aperçois, sur mon pupitre, un gros cœur dessiné avec tout plein de petits grumeaux de gomme à effacer.

Tout étourdie, je fixe ce cœur et je ne le quitte plus des yeux. Mes mains tremblent, mes pieds aussi. J'ai chaud. J'ai froid. Je voudrais me sauver le plus loin possible, sur une île où je serais toute seule, où il n'y aurait aucune possibilité d'amoureux.

Et là, en rêvant à cette île déserte, je ne sais pas pourquoi, mais je n'en peux plus. Je ne suis plus capable de me contrôler. Je me lève d'un bond et j'agite le bras au-dessus de ma tête.

Madame Lapointe me regarde. Toute surprise, elle me demande :

— Noémie, tu étais en retard... as-tu besoin d'explications?

— Oui...

— Qu'est-ce que tu n'as pas compris?

— Tout! Rien... Je ne comprends plus rien depuis hier!

— Je ne comprends pas pourquoi tu ne comprends rien depuis hier... Peux-tu être plus précise?

— J'aimerais que vous veniez ici, s'il vous plaît. J'ai quelque chose de très important à vous montrer.

Tous les élèves de la classe se retournent vers moi. Madame Lapointe soupire, ajuste ses lunettes sur son nez, quitte son bureau. Et là, vraiment, je n'en crois ni mes oreilles, ni mes yeux, ni rien de rien de rien du tout! Je voudrais hurler, crier, frapper les murs... Pendant que madame Lapointe se lève et fait un premier pas pour s'approcher, il se passe, en l'espace d'une demi-seconde, une série d'événements très rapides : à droite, Julien Galipeau se penche et, en faisant semblant d'attacher ses lacets de souliers, il souffle sur le cœur de grumeaux de caoutchouc. Au même moment, à gauche, Éric Dubuc-Villeneuve fait semblant de tousser et souffle lui aussi sur le cœur. Au même moment, Alexandre Tremblay-Larochelle se retourne et, en faisant mine d'éternuer, il souffle lui aussi de toutes ses forces.

Le cœur de grumeaux se défait. Les miettes de caoutchouc roulent dans tous les sens. Elles disparaissent sur le plancher, sur moi et un peu partout. Madame Lapointe, qui n'a rien vu de toutes ces manœuvres, s'approche pour me demander :

— Alors, Noémie, qu'est-ce que tu as de si extraordinaire à me montrer?

Je reste là, immobile, muette, et je me sens complètement ridicule. J'essaie de réfléchir, mais il ne me vient aucune idée, pas même l'idée de l'idée d'une idée. Mon cerveau est éteint.

Je rougis, puis je baisse les yeux en balbutiant :

— Excusez-moi... excusez-moi de vous avoir dérangée. Ce... ce n'est pas dans mes habitudes... je... je ne recommencerai plus.

Pendant que les élèves de la classe se mettent à rigoler et à se poser des questions, madame Lapointe me regarde, fronce les sourcils, fait la moue, tourne les talons et revient lentement vers son bureau. Moi, pendant ce temps, avec des yeux de feu, je regarde, tour à tour, Julien Galipeau, Éric Dubuc-Villeneuve et Alexandre Tremblay-Larochelle.

Après les avoir fusillés du regard, j'ouvre mon sac, je prends mes cahiers et BANG, je les laisse tomber sur mon pupitre. J'essaie de me concentrer, mais la seule chose que je suis vraiment capable de faire, c'est de regarder ces trois gars-là, et de leur faire des grimaces.

▲ ▼ ▲

Lorsque la cloche de la récréation résonne, les trois gars se précipitent à l'extérieur de la classe en se faufilant entre les autres élèves.

Mes amies se ruent sur moi.

— Noémie, qu'est-ce qui se passe ?

— Noémie, pourquoi es-tu toute blanche ?

— Noémie, est-ce que ça va ?

— Noémie, qu'est-ce que tu voulais montrer à la remplaçante?

En sortant de la classe et en nous rendant dans la cour de récréation, j'explique la situation à mes amies. Je leur parle du cœur fait avec des retailles de gomme à effacer et finalement, c'est Mélinda, se tapant dans la main, qui dit :

— En tout cas, la situation est claire.

— Claire, comment? demande Géraldine.

— Il n'y a plus de questions à se poser, enchaîne Mélinda, un de ces trois gars-là est amoureux de Noémie...

— C'est peut-être encore plus grave que ça, ajoute Géraldine.

— Comment ça, plus grave que ça, demandent mes amies.

— Peut-être que les trois gars, ensemble, sont amoureux de Noémie, lance Géraldine.

Tout étourdie par ce que je viens d'entendre, je ne peux m'empêcher de répondre :

— Peut-être, mais moi, je les déteste tous les trois !

-15-

La guerre

Pendant la première récréation, mes amies et moi, nous formons un bataillon. Les sourcils froncés, les poings fermés, nous nous dirigeons vers Éric Dubuc-Villeneuve, qui rigole avec des amis.

En nous apercevant, Éric recule et recule et recule en répétant :

— Mais... qu'est-ce qu'il y a? Qu'est-ce que je vous ai fait?

— Tu le sais très bien, Éric Dubuc-Villeneuve! Tu le sais très bien ce que tu as fait, lance Mélinda.

— Allez! Avoue! ajoute Géraldine.

Nous encerclons Éric, mais,

rapide comme un chat, il se lance
sur le côté et s'enfuit à toutes
jambes en criant :

— Gnan! Gnan! Gnan!
Attrapez-moi, pour voir!

Nous décollons comme des
fusées. Nous courons entre les
groupes d'élèves, qui discutent
ou qui jouent.

Nous rattrapons Éric au fond
de la cour. Nous le coinçons,

mais il grimpe sur le dessus de la clôture. Nous y grimpons toutes les cinq et juste au moment où nous allons l'attraper pour lui faire avouer ses crimes, un coup de sifflet retentit. Le surveillant, monsieur Laverdure, siffle de nouveau. Il nous fait signe de descendre. Pendant que nous descendons, je dis à Éric, en le regardant droit dans les yeux :

— En tout cas, Éric Dubuc-Villeneuve, tu sauras que moi, je ne t'aime pas! Et tu sauras, en plus, que je ne t'aimerai jamais!

Comme s'il n'avait rien entendu, Éric se sauve en courant et en nous faisant la grimace.

▲ ▼ ▲

Ensuite, mes amies et moi, nous fonçons têtes baissées vers Julien Galipeau, qui s'amuse avec un

ballon. En nous voyant arriver,
Julien lâche le ballon et s'enfuit,
lui aussi, à toutes jambes. Sans
courir, très calmement, mes amies
et moi nous nous dirigeons vers
lui. Rien ne peut nous arrêter. Des
groupes d'élèves se tassent sur le
côté, d'autres groupes se défont,
d'autres reculent. Je m'approche
de Julien Galipeau, coincé au fond

de la cour. Je le fixe d'un regard noir et lui lance :

— Écoute-moi bien mon petit Julien Galipeau. Je ne t'aime pas et je ne t'aimerai jamais!

Puis, sans attendre, mes amies et moi nous nous dirigeons vers le grand Alexandre Tremblay-Larochelle, qui parle avec des amis. Lorsqu'il me voit arriver, il ne se sauve même pas. Je m'approche à deux centimètres de son nez pour lui dire :

— Alexandre Tremblay-Larochelle, tu n'es qu'un lâche! Jamais personne ne t'aimera de toute ta vie, et même après ta mort! Est-ce que c'est clair?

Je pivote sur mes pieds et je me dirige vers le fond de la cour. Mes amies me suivent en silence. Je m'appuie contre la clôture. Mon cœur pétarade dans ma poitrine. On dirait qu'il veut exploser. Des sueurs froides coulent dans mon dos. Géraldine s'exclame :

— WOW! Noémie, toi tu sais parler aux garçons!

Je ne réponds rien. Je n'en reviens pas encore d'avoir eu le culot de dire tout ce que je viens de dire. Mes amies me regardent, la bouche grande ouverte comme si elles venaient d'avaler une couleuvre. J'essaie de me calmer, mais c'est impossible. Je suis encore tellement enragée que je pourrais affronter n'importe qui, ou n'importe quoi!

La sonnerie de l'école retentit. Tendue comme un ressort, je marche dans la cour, monte l'escalier, me rend à ma classe et m'assois à mon pupitre. Il n'est pas question que je regarde Julien, ou Éric, ou Alexandre, je risquerais de les fusiller avec mes yeux de feu.

-16-

Les mots griffonnés

À l'heure du dîner, je mange mes
sandwichs, bien entourée par mes
amies. Nous ne parlons pas...
chacune d'entre nous pense à
l'amour.

Pendant la première partie
de l'après-midi, tout se passe
normalement. La cloche sonne de
nouveau. Je me précipite dans
la cour de récréation. Bla, bla,
bla, je papote avec mes amies.
Après la récréation, je quitte mes
amies et me rends jusqu'à ma case
pour y déposer mon chandail. Et
là, mon cœur veut encore une
fois exploser dans ma poitrine.
Accroché à l'intérieur de la porte

de ma case, il y a un papier blanc, un papier très ordinaire sur lequel on a gribouillé : *Moi, je t'aime pour vrai! Rendez-vous, à dix-neuf heures, ce soir, dans le coin nord de la cour de l'école.*

L'auteur de ces mots n'a pas signé, il a juste dessiné trois X et puis c'est tout. Je n'en reviens pas. Mon cœur bat à tout rompre. Je voudrais disparaître, je voudrais que le temps accélère, je voudrais me retrouver demain pour que tout soit terminé.

Je saisis la feuille blanche et je regarde l'écriture. Il n'y a pas de doute possible. Quelqu'un m'aime et ce soir à dix-neuf heures, je saurai qui... je saurai quoi... je saurai comment... je saurai pourquoi...

Mes genoux tremblent. Je plie la feuille en quatre, la cache au fond de la poche de mon pantalon, ferme la porte de ma case et commence à courir jusqu'à ma classe. Mais soudainement, mon corps s'arrête devant le local d'arts plastiques. Mes yeux s'agrandissent. Mon sang s'affole de nouveau. Je vois… je vois, entassés dans la grosse poubelle près de la porte, des cœurs dessinés au crayon gras, des cœurs dessinés au crayon feutre, d'autres

cœurs bricolés avec du papier mâché, des cœurs fabriqués avec des retailles de bâtons de popsicle, avec des morceaux de ficelles collés les uns près des autres...

Je n'en reviens pas. Il y a au moins une centaine de cœurs pliés, déchirés, collés.

Mais je n'ai pas le temps de me poser mille questions. Derrière moi, la voix de madame Faniel ordonne :

— Allez, Noémie... vite! dans ta classe!

Je prends mon élan et je cours jusqu'à ma classe. J'ouvre la porte en disant «excusez-moi», puis, devant des dizaines de regards interrogateurs, je vais m'asseoir à ma place. Aussitôt, j'entends Martine chuchoter derrière moi :

— Noémie, je sais comment trouver celui qui a dessiné les cœurs...

Je recule ma chaise et j'étire le cou par-derrière pour m'approcher de Martine. J'attends qu'elle me chuchote son explication, mais elle ne dit rien. Elle reste muette comme une carpe. Elle déchire un bout de papier. Elle y écrit quelques mots. Elle le chiffonne. Je fais semblant de me gratter la nuque. Martine dépose la boulette de papier dans ma main. Je m'en empare en faisant semblant de rien, puis je la déplie. Je lis : *Il faut demander au professeur d'arts plastiques.*

J'imagine que Martine a, elle aussi, vu les cœurs dans le local d'arts plastiques.

Mine de rien, j'écris au verso : *Ce ne sera pas nécessaire!*

Je fais une boulette avec le papier, la cache dans ma main, fait semblant, encore une fois, de me gratter la nuque et laisse tomber la boulette sur le pupitre de Martine.

Elle déplie le papier, attend quelques secondes, s'approche et me chuchote :

— Le prof d'arts plastiques pourrait reconnaître le style de celui qui a dessiné les cœurs.

Je me retourne et je chuchote :

— Ce n'est plus nécessaire...

— Pourquoi?

— Parce que je sais qui est mon amoureux.

— C'est qui?

— Je ne le sais pas encore...

— Je ne comprends rien...

— C'est mieux comme ça !

— Pourquoi?

Je me retourne une dernière fois et je fais signe à Martine de cesser de me parler. J'essaie de me concentrer sur la voix de madame Lapointe, j'essaie de suivre attentivement chacun de ses mouvements, mais mes yeux restent fixés sur les aiguilles de la grosse horloge. Il est présentement quatorze heures. Il me reste exactement cinq heures à vivre avant d'en avoir le cœur net... quatre heures cinquante-neuf minutes... quatre heures cinquante-huit minutes... quatre heures cinquante-sept minutes... Je crois bien que je vais devenir folle ou quelque chose du genre. Je voudrais à la fois que les aiguilles s'arrêtent et qu'elles se mettent à tourner à toute vitesse. Je voudrais changer de dimension, me sauver à l'extérieur de moi-même... Quatre heures cinquante-six... Je n'en peux plus. De grosses gouttes de sueurs coulent sur mon front et glissent dans mes yeux. Je ne vois plus rien. J'essaie de penser à l'avenir. J'imagine que je montre le message de

mon amoureux à mes amies.
J'entends déjà leurs questions :
« Noémie, pourquoi dans le coin
nord?... Pouvons-nous nous cacher
pour l'épier... Allez-vous vous
embrasser? Et patati et patata... »

Déjà, je n'en peux plus. J'ai
chaud et froid en même temps.
La classe tourne sur elle-même.
Je suis tout étourdie. Sans même
le vouloir, mon corps se lève
d'un bond. Je m'avance vers
madame Lapointe. Surprise, elle
me demande :

— Noémie, tu es toute pâle!
Ça ne va pas?

— Non ça ne va pas... Je me
sens très, très, très malade. J'ai
probablement un cancer du
cerveau, une maladie du cœur
ou quelque chose comme ça!

Madame Lapointe touche
mon front :

— Tu fais de la fièvre, veux-tu aller à l'infirmerie?

Je lui fais signe que oui. Devant les élèves éberlués, qui chuchotent entre eux, je quitte la classe et je marche jusqu'à l'infirmerie. Là, tout se passe en accéléré. L'infirmière prend ma température. Elle dit en fronçant les sourcils :

— Oh là, là... tu fais beaucoup de fièvre.

Une débarbouillette froide sur le front, je demande à l'infirmière d'appeler ma grand-mère. Elle quitte le petit local puis elle revient quelques secondes plus tard en me disant :

— Ta grand-maman s'en vient en taxi!

▲ ▼ ▲

Les yeux fermés sous la débarbouillette, je divague. Je réfléchis

à mon avenir qui se terminera à dix-neuf heures précises. Ensuite, à partir de dix-neuf heures et une seconde, j'ignore si je serai encore en vie. Je me serai peut-être évanouie dans la cour de l'école... Je serai peut-être morte... Je serai peut-être devenue un ange, un papillon, un oiseau, ou autre chose... Tout en imaginant ce qui pourrait bien se passer à dix-neuf heures deux secondes, trois secondes, quatre secondes, j'entends soudainement :

— Mon Dieu Seigneur, de mon Dieu Seigneur, que se passe-t-il?

Je me relève, ouvre les yeux et aperçois ma belle grand-maman d'amour. Elle se lance sur moi, me prend dans ses bras, m'embrasse sur les joues, sur le front :

— Mon Dieu Seigneur, Noémie, tu es toute chaude!

Nous disons bonjour à la gentille garde-malade, puis, en nous tenant par la main, grand-maman et moi, nous quittons l'infirmerie. Moi, j'ai mal au ventre. Je marche un peu courbée par en-avant. On croirait que c'est moi la vieille dame et grand-maman la jeune fille. Nous traversons le long corridor qui mène à la porte de sortie, puis nous nous engouffrons dans le taxi qui nous attend. C'est une grande automobile noire comme... comme un corbillard. J'essaie de ne rien imaginer. Toute fiévreuse, les yeux fermés, je me blottis contre grand-maman, qui demande au chauffeur de nous ramener à la maison.

Le corbillard... heu, je veux dire le taxi démarre en trombe. J'ouvre les yeux. Je regarde autour de moi et, les yeux écarquillés, je me dis que je suis victime d'une conspiration de l'amour. Je n'en reviens pas! Je n'en reviens pas!! Je n'en reviens pas!!! Un gros cœur bleu est tatoué sur le biceps du conducteur. À l'intérieur de ce cœur, il y en a trois autres, plus petits, qui sont traversés par des flèches. Ce n'est pas tout! Tous ces cœurs portent des messages : *Pedro aime María. Pedro aime Louisa. Pedro aime Marina,* etc. La liste s'allonge jusqu'au poignet du conducteur. Et ce n'est pas tout, une boucle en forme de cœur orne son oreille droite. Une grosse bague surmontée d'un cœur doré entoure son index. Un gros roman d'amour traîne sur la banquette avant. Trois petits cœurs roses se balancent sous le miroir. Une frange, ornée d'une multitude de petits cœurs, entoure le pare-brise.

Et pour couronner le tout, un chanteur hurle sa peine d'amour à la radio : JE NE SUIS RIEN SANS TOI !

Je me bouche les oreilles avec mes mains, en disant :

— Monsieur Pedro, s'il vous plaît, auriez-vous la gentillesse de fermer la radio parce que moi, l'amour, ça me donne la fièvre, aujourd'hui !

Grand-maman me serre dans ses bras. Elle murmure :

— Tout va bien, Noémie... tout va bien, nous arrivons bientôt...

Un peu surpris par ma réaction, le conducteur ferme la radio, se retourne et me dit avec un très bel accent italien :

— Hé ho, la touté pétite démoiselle elle est effrayée par lé choses dé l'amouré ? Mé l'amouré é la pou belle chose sur la terré ! Sans amouré, il n'y a plous rien du tout !

Et là, il se met à chanter comme un rossignol :

— OOOOOOOOOHHHHHH MON AMOURRRR!!! MON DOUX... MON TENDRE... MON MERVEILLEUX AAAMMMOO OUUURRR...

Les mots d'amour entrent par mes oreilles et se plantent directement dans mon cœur, mon pauvre petit cœur qui n'en peut plus, qui est sur le bord de la dépression nerveuse amoureuse. J'ai des frissons partout sur le corps. Les poils de mes bras se hérissent. Mes cheveux se dressent sur ma tête. Mes orteils se retroussent et mes dents se mettent à claquer. Je n'en peux vraiment, mais vraiment plus. Je me bouche les oreilles avec mes mains pour ne plus entendre les mots d'amour qui résonnent à l'intérieur du taxi. Je me cache la figure dans l'épaule de grand-maman.

Heureusement, nous habitons seulement à quelques coins de rues de l'école. Le conducteur n'a pas le temps de terminer sa chanson. Au cinquième couplet, le taxi s'arrête devant la maison. En vitesse, grand-maman sort son porte-monnaie. Elle paie la course sans même demander un reçu. Nous nous précipitons hors de la voiture en écoutant le conducteur hurler :

— PARIS, C'EST FINI ! ET DIRÉ QUÉ C'ÉTAIT LA VILLÉ DÉ MON PREMIER AMOURRRÉ...

Main dans la main, grand-maman et moi, nous montons l'escalier. La voix du chauffeur s'éloigne. Les mots d'amour deviennent de plus en plus inaudibles et puis, c'est le silence, le grand silence, entrecoupé par le chant des oiseaux qui... heu... qui se font la cour en sifflant, en gazouillant, en roucoulant, en...

Sur le balcon, grand-maman regarde les oiseaux et soupire :

— L'amour, c'est quand même ce qu'il y a de plus beau au monde...

Moi, je trouve ça plutôt terrifiant. J'enlève mes souliers, me déshabille au complet, puis je me précipite dans le lit de grand-maman. Je regarde le réveil. Il est quinze heures. Donc, il reste quatre heures avant l'heure fatidique. Je me demande comment je vais faire pour me rendre à dix-neuf heures sans devenir folle, dingue, crac-pot, fêlée du chaudron, complètement dingbat, et tout le reste.

Je fixe le réveil et j'essaie de ne penser à rien. Moi qui veux toujours que le temps passe plus

vite, eh bien, maintenant je voudrais qu'il s'arrête, mais c'est impossible! Les secondes et les minutes continuent leur marche sans que je puisse rien y faire.

Grand-maman s'approche avec une débarbouillette d'eau froide. Elle s'assoit près de moi. Elle me touche le front, me sourit et, comme si elle lisait dans mes pensées, me demande :

— Bon! Alors, Noémie, raconte-moi ce qui vient de t'arriver.

Je me cache la figure sous l'oreiller. Je ferme les paupières pour avoir moins peur des mots que je vais prononcer, puis je finis par bégayer.

— J'ai... rendez-vous... à dix-neuf heures... avec mon amoureux...

— Ah! Et, finalement, qui est-ce?

— Je ne le sais pas...

— Tu as un rendez-vous avec un amoureux inconnu?

— Oui, il m'a seulement laissé une note à l'intérieur de ma case. Il veut me voir à dix-neuf heures, ce soir, dans le coin nord de la cour de l'école...

— Bon! s'exclame grand-maman. C'est bien! Comme ça, tu seras fixée...

Elle me caresse les cheveux en ajoutant :

— Ne t'inquiète pas, essaie de te reposer un peu... Je connais bien ce genre de situation... j'ai un plan pour que tout fonctionne bien.

-17-
En attendant

Pour me faire rire et pour détendre l'atmosphère, grand-maman me propose différents scénarios, tous plus loufoques les uns que les autres. Pour mon rendez-vous, je pourrais envoyer une de mes amies à ma place... Grand-maman pourrait me remplacer... Je pourrais envoyer quelqu'un espionner mon amoureux... Je pourrais faire la danse de la pluie pour qu'il pleuve tellement fort sur le coin nord de la cour que je ne pourrais pas m'y rendre... Je pourrais... Je pourrais... Je pourrais...

Finalement, après avoir beaucoup rigolé, grand-maman m'explique que, parfois, il faut affronter son destin et là, les deux bras levés au ciel, elle se met à me faire un grand discours :

— Mon Dieu Seigneur, dans la vie, on ne peut pas toujours fuir sa destinée... Il est important de se confronter à la dure réalité des choses... C'est en se mesurant à ses problèmes que l'esprit grandit... Ce sera une grande expérience qui te rendra plus forte... et patati et patata...

Pendant qu'elle me récite de grandes phrases, je regarde sur la table de chevet et j'aperçois un livre intitulé *Comment affronter son destin*. Alors, les yeux fermés, j'attends que ma grand-mère cesse de me lancer des phrases qu'elle a apprises par cœur.

Au bout d'un moment, grand-maman arrête de parler. Elle enfile sa robe de chambre, puis elle vient s'étendre près de moi, dans le lit. Je lui soupire à l'oreille :

— Bon, j'ai compris. J'irai à mon rendez-vous. J'affronterai mon destin... puisque c'est mon destin d'avoir une destinée ainsi destinée...

Grand-maman me serre dans ses bras.

— Ne t'inquiète pas, me chuchote-elle. Quoi qu'il arrive, je serai tout près de toi!

Et là, je n'en crois pas mon destin. Étendue près de moi, grand-maman ferme les yeux. Elle soupire et s'endort, comme ça, d'un coup sec, en plein milieu de l'après-midi... Elle commence par ronronner comme un gros chat, puis elle se met à ronfler comme un moteur de camion. J'en suis bien contente! Le bruit de ses ronflements m'empêche de penser à mon avenir qui s'approche de minute en minute. Je m'endors à mon tour et je rêve à de gros camions qui circulent sur une autoroute. Des gros camions, il n'y a pas d'amour là-dedans. C'est parfait comme ça.

-18-
Le temps suspendu

Je me réveille la première. Il est maintenant seize heures. C'est incroyable! J'ai dormi presque une heure! Je me sens comme une condamnée à mort. Il me reste trois heures à vivre... Trois heures, c'est court et c'est long. J'essaie de ne pas imaginer le visage de mon amoureux, mais c'est impossible. Alors, je laisse mon imagination galoper. J'imagine mon amoureux très beau, très grand, très fort et très intelligent... Et puis, pour passer le temps, j'imagine le contraire. Il est très laid, minuscule, faible comme un pou et aussi intelligent qu'une

sauterelle. Fiou! J'ai déjà moins peur de tomber amoureuse!

Grand-maman se réveille, regarde l'heure et s'écrie :

— Mon Dieu Seigneur! Vite! Il faut se dépêcher!

-Nous avons le temps! Il reste maintenant deux heures et trois quarts...

— Noémie, tu dois te laver, te brosser les cheveux, t'habiller, te maquiller, te pomponner, te poudrer...

— Pourquoi?

— Comment pourquoi? Mais pour te préparer à ton rendez-vous!

— Un instant, grand-maman! Il n'est pas question que je me déguise! Ce n'est pas l'Halloween, aujourd'hui! J'irai à ce foutu rendez-vous exactement comme si... comme si... comme si j'allais jouer dans la cour de l'école avec mes amies...

— Mais voyons! Noémie!

— Il n'y a pas de voyons, Noémie! J'y vais comme je suis ou je n'y vais pas...

— Fais ce que tu veux, soupire grand-maman, mais dans mon temps, on se pomponnait un peu avant de se rendre à un rendez-vous galant!

▲ ▼ ▲

Le temps passe lentement, de deux minutes en deux minutes. J'essaie de prendre un bain, j'essaie de regarder la télévision, j'essaie de faire mes devoirs, mais, en réalité, je ne fais que penser à ce foutu rendez-vous.

J'aide grand-maman à préparer une lasagne gratinée au four, mais finalement, je suis trop nerveuse, ou inquiète, ou troublée, ou angoissée pour manger. Mon estomac est aussi noué qu'une corde pleine de nœuds. Je n'avale que quelques bouchées et je ne suis même pas capable d'engloutir mon désert favori : de la crème glacée nappée de caramel.

Grand-maman me répète que je dois bien me nourrir, que je dois prendre des forces pour affronter la vie, mais rien n'y fait.

Mon corps, trop tendu, refuse toute nourriture.

Après le souper raté, grand-maman fait comme d'habitude : elle lave la vaisselle. Le petit serin siffle dans sa cage. Le chat ronronne et moi, toute en sueur, je regarde les aiguilles de l'horloge qui ne cessent d'avancer. Il est dix-huit heures. Il ne me reste qu'une heure à vivre! J'ai mal au cœur, aux pieds, aux jambes, aux coudes, à la tête et à chacun de mes cheveux.

Je suis tellement énervée que je ne tiens plus en place. Je me lève et, sans le vouloir, je commence à tourner autour de la table. J'ai l'impression que je pourrais m'enfuir jusqu'au bout du monde et que je ne serais même pas fatiguée. Mais je ne peux m'enfuir nulle part. Je dois affronter mon destin. Je me

précipite dans la salle de bain
et je me regarde dans la glace.
Grand-maman, la coquine, a
laissé sur le comptoir toutes sortes
de petits pots de maquillage
ainsi que des parfums. Je ne sais
plus que faire. En tremblant,
mes mains s'emparent d'un tube
de rouge à lèvres, puis elles
le laissent tomber. Mes doigts
s'emparent d'une bouteille de

parfum, puis ils la reposent sur le comptoir. Ma figure s'approche du miroir. Mes yeux regardent ma figure. Mon cerveau trouve que j'ai un gros bouton sur le nez, un trop grand front, un trop petit menton. Alors, la panique totale s'empare de moi. Je quitte la salle de bain et je me lance dans la cuisine en répétant :

— Je n'irai pas à ce rendez-vous! Je n'irai pas à ce rendez-vous!

— Et pourquoi donc? demande grand-maman.

— Parce que j'ai un gros bouton sur le nez, un trop grand front, un trop petit menton!

Grand-maman pose ses deux mains sur mes épaules :

— Noémie, si un garçon est amoureux de toi, c'est justement parce qu'il aime ton front et ton menton et...

— Et mon bouton sur le nez? Avez-vous pensé à mon bouton sur le nez?

— Eh bien, s'il ne t'aime pas à cause de ton bouton sur le nez, c'est parce qu'il n'est pas digne de toi!

Je ne comprends pas trop ce que ça veut dire «être digne de moi», mais je ne pose pas de question. La vie est assez compliquée comme ça. Et en plus, il est six heures et trois quarts! Sept heures moins quart. Dix-huit heures et quarante-cinq minutes! Dix-sept heures moins quinze minutes!

Grand-maman et moi, nous nous regardons toutes les deux. Elle me fait signe qu'il est temps que j'affronte mon destin. Elle enlève son tablier. Moi, je suis tellement nerveuse que je perds le contrôle de mon corps. Je commence à trembler. En m'approchant du comptoir, j'essaie de me servir un verre de lait, mais, sans le vouloir, le verre quitte mes mains et tombe par terre. Oups! Le lait se répand sur le plancher, et jusque sous la table.

Grand-maman dit :

— Ça, c'est un geste manqué!

— Ça veut dire quoi?

— Ça veut tout simplement dire que tu provoques des événements qui pourraient t'empêcher d'aller à ton rendez-vous.

Le sourire aux lèvres, grand-maman me tend la main :

— Allons-y! Nous ramasserons le dégât plus tard!

Moi, je ne suis pas certaine qu'il y aura un «plus tard».

-19-
Le rendez-vous

En vitesse, ma grand-mère se rend à la salle de bain. Elle se pomponne les joues, puis elle se coiffe d'un beau chapeau. Moi, complètement paniquée, je glisse ma paume dans celle de grand-maman. Elle me guide vers la porte, elle me guide dans l'escalier, elle me guide vers l'école, exactement comme si je ne savais pas où je devais aller. Je marche tout près d'elle comme si j'étais une condamnée à mort qui s'en va au...

— Mon Dieu Seigneur, Noémie! Détends-toi un peu...

Facile à dire, «détends-toi». Je marche en essayant de ne pas imaginer de gestes manqués, de ne pas imaginer d'événements qui pourraient me faire rater mon rendez-vous. J'aimerais que le ciel me tombe sur la tête, que des extraterrestres m'emportent dans une autre dimension, que la cour de l'école devienne un volcan en éruption, que...

Plus je m'approche de l'école, plus la peur m'envahit. J'ai les jambes lourdes comme du plomb. Mes idées se figent dans mon cerveau... J'essaie de revoir le visage de tous les garçons de ma classe, puis de tous ceux que je croise dans les corridors, dans le gymnase, près des fontaines. Mais je n'ai pas le temps de tous les repasser en mémoire. À un coin de rue de l'école, grand-maman s'arrête, lâche ma main, regarde sa montre et me dit :

— Il est dix-neuf heures moins une minute... Allez ma belle ! C'est à toi de jouer maintenant. Vas-y ! Je te surveille de loin...

Elle se penche, m'embrasse, me serre dans ses bras et ajoute :

— N'oublie jamais que je t'aime...

— Je... heu... je vous aime, moi aussi...

Je prends une grande inspiration suivie d'une longue, très longue expiration. Puis, je m'éloigne à petits pas. Je traverse une première intersection, m'arrête sur l'autre trottoir et me retourne. Grand-maman me fait signe de continuer. Le cœur battant la chamade, je me rends devant l'école et je m'arrête encore. Je tourne la tête. Grand-maman, à quelques mètres derrière moi, me fait signe d'avancer.

Les genoux mous comme de la guenille bourrée de caoutchouc, les mains moites, je marche vers la cour de l'école en baissant les yeux, pour ne pas voir plus loin que le bout de mes chaussures.

J'avance, j'avance, j'avance dans la cour... Les yeux fixés sur le sol, j'entends des enfants jouer au ballon. Quelqu'un passe en vélo derrière moi. Quelqu'un saute à la corde à danser. Quelqu'un d'autre joue au tennis contre le mur.

Le cœur à l'épouvante, je me dirige vers le coin nord de la cour de l'école. Je me rends jusqu'à l'intersection des grandes clôtures, puis, à la fois soulagée et inquiète, je regarde le coin qui est aussi vide qu'un désert. Il n'y a personne. Fiou! Je suis presque soulagée.

Je regarde ma montre : dix-neuf heures trois minutes. Ou bien mon amoureux n'est pas encore arrivé, ou bien il est reparti. Soudain, derrière la clôture, j'entends la voix de grand-maman chuchoter :

— Noémie... Noémie, je crois que tu t'es trompée de coin... ici, il me semble que c'est le coin ouest...

Elle ajoute :

— Allez, Noémie ! Un peu de courage !

Ça, c'est un vrai geste manqué. Je le sais. Alors, je décide de faire face à mon destin. Les yeux fixant toujours le bout de mes souliers, je marche, à petits pas, vers le coin nord. J'entends le son d'une trottinette. Plus loin, quelqu'un dribble avec un ballon. Et finalement j'arrive au coin nord. Fiou ! Il n'y a personne. Le coin nord

est aussi désert que le grand désert du Sahara.

Juste au moment où je vais déguerpir, j'entends, au-dessus de moi, la voix d'un garçon qui me dit :

— Bonjour, Noémie !

Mon sang virevolte dans mes veines. Je lève les yeux. Juché sur le haut de la clôture, j'aperçois un garçon, un grand garçon que je ne reconnais pas. Il me regarde en souriant. Moi, je suis tellement surprise, que je reste figée comme une statue.

Je ne sais plus ce qu'il faut dire ou faire ou... On dirait que mes yeux vont sortir de ma tête, que mon cœur va exploser, que mes oreilles vont se mettre à bourdonner pour ne plus jamais s'arrêter. Je me sens à la fois lourde comme du plomb et légère comme une plume. Je me sens toute grande et toute petite. J'ai l'impression de mourir et de survivre. Chacune de mes cellules tourne à une vitesse folle. J'ai l'impression que...

D'un bond, le grand garçon quitte le haut de la clôture, plane dans les airs et atterrit devant moi avec la souplesse d'un chat. Mon cœur cesse de battre. Mes oreilles se bouchent. Mon cerveau s'éteint. Je ne sais plus que dire, que faire. Je reste figée comme une statue de sel, ou de plâtre, ou de ciment. Le garçon me sourit encore. Il a de belles dents blanches, mais je remarque une petite carie sur une de ses canines. Le garçon enfonce la main dans la poche de son pantalon, en sort une barre de chocolat et m'en offre un morceau en disant :

— Veux-tu du chocolat? Moi, je m'appelle Stéphane! Je suis nouveau dans le quartier!

J'avale un peu de salive et, paniquée, je réponds :

— Je... heu... non merci!

Il sort un paquet de gommes à mâcher, puis il m'en offre en souriant de toutes ses dents.

— Je... heu... non merci!

Il se gratte un peu la tête, sort un sac de croustilles de son sac à dos et m'en offre.

— Je... heu... non merci!

Alors, ce Stéphane ne sait plus que faire pour se rendre intéressant. En trois mouvements rapides, il avale la tablette de chocolat, le sac de croustilles, puis il s'emplit la bouche de gommes à mâcher. Il en ingurgite une bonne douzaine, puis il marmonne en mâchouillant :

— Twu west biennn cwertaine qwue twi n'en vweuz pwas? Ewlles wsont trwès bwonnes!

Je suis tellement sidérée par la situation, que je ne réponds pas. De longs frissons parcourent mon dos. Le Stéphane, la bouche remplie de gommes à mâcher, ajoute :

— Bwon, Nwoémie! cwa twe twente twu dwe venwir jouwer wau pwarc avwec mwoi?

Je lui réponds :

— Quoi?

— Jwe m'excwuse!

— Qu'est-ce que tu dis?

— J'wai quwelquwe chwose wa twe dwire!

— Je ne comprends rien à ton charabia!

— Attwends! Jwe vwais mwe dwébwarrasswer dwe mwès gwommes...

Et là, j'assiste à une des scènes les plus incroyables de ma vie.

Le Stéphane baisse la tête. Il écarquille les yeux. Il ouvre lentement la bouche. Je vois apparaître, entre ses lèvres, une grosse, immense, gigantesque motte de gomme à mâcher. Le Stéphane se penche un peu par en avant. Il essaie de cracher la motte, mais elle est tellement grosse qu'il en est incapable. Alors le pauvre Stéphane devient tout rouge. Ses yeux s'emplissent d'eau. Il me fait signe de lui donner des tapes dans le dos. Je n'en reviens pas! Je m'approche un peu, puis PAW! PAW! PAW! je lui donne trois grosses taloches derrière les épaules. Le Stéphane se penche encore et je vois la grosse motte quitter sa bouche et tomber au ralenti comme dans un film. Sauf qu'il n'y a pas de musique. Il y a juste la grosse motte qui tombe... directement

sur un des souliers de mon soi-
disant amoureux. Alors, le pauvre,
avec son autre pied, il essaie
de se débarrasser de la motte,
toute collante, toute gluante... Mais
elle se colle sous son autre soulier.
Alors il essaie de se débarrasser
de la motte en frottant ses deux
souliers l'un contre l'autre. Aïe!
Aïe! Aïe! Ses deux souliers sont
couverts de filaments de gommes.
Ça va mal, ça va très mal! Rouge
comme une tomate bien mûre,
le pauvre Stéphane écarte les
jambes au maximum, la gomme
s'étire mais ne décolle pas. Il
danse sur un pied, puis sur
l'autre. Les filaments de gommes
tournoient et s'enroulent autour
de ses chevilles. Je crois bien
que je n'ai jamais rien vu d'aussi
ridicule de toute ma vie. J'éclate
de rire.

— Hi! Hi! Hi! Ha! Ha! Ha!

Le Stéphane cesse sa petite danse ridicule. Il se penche et commence à délacer ses souliers. Mais plus il essaie de trouver le bout de ses lacets, plus il se colle les doigts. Il se relève tout à coup et, d'un formidable coup de pied, il lance son soulier gauche. Celui-ci survole la clôture de la cour, et atterrit en plein milieu de la rue. Un gros camion fonce sur le soulier. Scrounch! Aussitôt, le soulier couvert de gomme se colle au pneu et commence à tourner. Sloupch! Sloupch! Sloupch!

D'un autre formidable coup de pied, le Stéphane lance son soulier droit, qui s'envole dans la direction opposée. Il tournoie dans les airs, frappe le mur de l'école à la hauteur du deuxième étage et y reste collé! Tout le monde dans la cour regarde le soulier fixé entre deux fenêtres.

Et là, on dirait qu'il y a un temps mort, on dirait que le Stéphane ne sait plus que faire pour se rendre intéressant. L'air un peu perplexe, il revient vers moi en laissant traîner ses chaussettes blanches sur l'asphalte de la cour. Ses chaussettes sont pleines de trous. Il a l'air complètement ridicule!

En le voyant s'approcher, je voudrais me sauver en courant, mais je ne le peux pas. J'ai l'impression d'avoir les deux jambes coincées dans du béton. Figée sur place, je jette un coup d'œil vers ma belle grand-maman Lumbago, qui nous épie de l'autre côté de la clôture. Les yeux surpris, la bouche grande ouverte, elle me fait un faux sourire qui voudrait dire : «Ne t'inquiète pas, tout va bien, Noémie!» Mais, je lis sur son visage estomaqué : «Ce n'est pas croyable!»

Les deux mains dans les poches, comme s'il ne s'était rien passé d'extraordinaire, le Stéphane s'approche pour me dire avec un petit sourire en coin :

— Noémie, ferme les yeux, j'ai une surprise pour toi!

Hé... Hé... Hé... Est-ce qu'il me prend pour une débile, ce Stéphane? En une fraction de seconde, les yeux grands ouverts, j'imagine toutes sortes de choses. J'imagine qu'il va sortir d'autres friandises de ses poches ou, pire encore, qu'il va se déshabiller au complet et qu'il va lancer ses vêtements aux quatre coins de la cour. Mais je n'ai pas le temps d'imaginer autre chose. Le Stéphane me répète :

— Noémie, ferme les yeux, j'ai une belle surprise pour toi!

— Non! Je ne fermerai pas les yeux!

— Pourquoi?

— Parce que ça ne me tente pas!

— Pourquoi, ça ne te tente pas?

— Parce que... je n'ai pas le goût!

— Pourquoi? Juste une petite seconde de rien du tout!

— Non! Non! Et non!

— Donne-moi juste une bonne raison!

— Je ne veux pas fermer les yeux parce que... parce que... parce que je ne m'endors pas!

— C'est une raison complètement ridicule!

— C'est toi qui est ridicule!

— Non, c'est toi!

J'en ai assez de cette discussion. J'ai l'impression que mon sang est en train de bouillir dans mes veines. Un irrépressible volcan gronde dans mon ventre. Toutes les frustrations accumulées se transforment en un torrent de mots. Les yeux grands ouverts, je crie, à ce Stéphane :

— As-tu fini de faire le débile, le mongol, le tata? J'en ai assez de toutes ces balivernes, de tous ces cœurs, de tout ce niaisage!

Le Stéphane, il me regarde, l'air ahuri. Je continue :

— Et en plus, il ne faut pas me prendre pour une idiote! Je connais tes complices dans ma classe : Julien Galipeau, Éric Dubuc-Villeneuve et Alexandre Tremblay-Larochelle!

En entendant les noms de ses amis, le Stéphane devient plus rouge qu'un chandail rouge. Je continue, parce que ça me fait du bien :

— Tu auras beau me dessiner des cœurs jusqu'à demain matin! Tu auras beau m'offrir de la gomme, du gâteau, des fusées, des éléphants, moi, je ne t'aime pas, et je ne t'aimerai ja...

— Pourquoi, tu ne m'aimes pas?

En entendant cette question ridicule, je ferme les yeux pour me concentrer et, l'espace d'une seconde, je sens sur ma bouche les lèvres du Stéphane, qui me donnent un baiser. Oui, oui, je ne rêve pas. Ses lèvres sont collées aux miennes. On dirait que je me sépare en deux parties. La première partie de moi fait wasch, wasch, wasch! Cette partie veut se sauver le plus loin possible, n'importe où, même dans le fond d'une pyramide égyptienne. La deuxième partie de moi fait miam, miam, miam! Ça goûte les croustilles, la gomme à mâcher et un peu le chocolat! L'espace d'une seconde, les deux parties de moi se chamaillent. Miam, miam, miam et wasch, wasch, wasch! Elles ne s'entendent vraiment pas. C'est la bataille dans ma tête, dans mon cœur et sur ma bouche... Ça se bouscule, ça se donne des coups, ça se dispute comme ce n'est pas possible. On dirait que je me divise en dix, puis en cent, puis en mille, puis en million. Si ça continue, je vais perdre connaissance. Mes genoux plient! Je vacille!

J'entends soudainement la voix de grand-maman crier :

— NOÉMIE! NOÉMIE!

En un millième de seconde, je reprends conscience et je comprends que c'est la partie wasch, wasch, wasch qui a gagné le match. J'ouvre les yeux. Je repousse le Stéphane, qui a encore les yeux fermés et la bouche en forme de cœur. En reculant, je crie ces mots qui rebondissent en échos sur les murs de l'école :

— Aïe! Aïe! Es-tu sour-our-ourd? Je ne t'aime pa-a-as!

Le Stéphane ouvre les yeux. Je ne lui laisse même pas le temps de répliquer. Je tourne les talons.

Mes pieds se mettent à courir à toute vitesse. En me sauvant, je crie :

— Je ne veux pas t'embrasser! Je ne veux pas attraper tes microbes, tes bobos, tes caries!

Je suis tellement perturbée que je traverse la cour de l'école aussi rapidement qu'une gazelle poursuivie par un lion. Sans même attendre grand-maman, je cours, je cours, je cours jusque chez elle. Je monte l'escalier, saute sur le balcon, sort la clé attachée à mon cou, ouvre la porte en vitesse, puis me jette dans le lit de ma grand-mère. La tête cachée sous l'oreiller, j'attends... j'attends je ne sais quoi. J'attends de disparaître, mais il reste sur ma bouche un petit parfum de chocolat. Alors je quitte le lit en vitesse, me rends à la salle de bain et me barbouille la bouche avec du savon jusqu'à ce qu'il ne reste plus aucune odeur ni de chocolat, ni de croustilles, ni de gomme à mâcher, ni de rien, de rien, de rien, ni de personne, de personne, de personne.

Ensuite, je me gargarise avec du rince-bouche, celui qui détruit les germes par millions. C'est écrit sur la bouteille.

La bouche bien lavée, bien rincée, bien gargarisée, je ferme les yeux et je comprends que je vis un drame épouvantable. Le parfum des lèvres du Stéphane n'est plus sur mes lèvres. Il remplit maintenant toute ma mémoire.

Je ne sais plus où me sauver pour échapper à ce souvenir chocolaté. En vitesse, je me précipite dans la cuisine. J'engouffre deux pommes, trois bananes. Je saute sur un restant de lasagne et le dévore à belles dents. Mais le souvenir chocolaté reste toujours dans ma tête. Pour tenter de l'oublier, j'allume la radio, puis je monte le volume au maximum. Je cours jusqu'au salon. J'ouvre la télévision, le volume au maximum. J'ouvre la chaîne stéréo... le volume au maximum. Malgré tout, le souvenir chocolaté demeure encore très présent dans ma tête. J'ai peur de devenir folle. Je veux redevenir comme avant, avant ce foutu baiser. Mais je ne peux pas reculer dans le temps. Au secours!

Alors, ne sachant plus que faire, je me jette de nouveau dans le lit de grand-maman. La tête cachée sous les couvertures, je pleure et pleure et pleure toutes les larmes de mon corps...

-20-

Surprise à la maison

J'entends la porte d'entrée s'ouvrir, puis se refermer. La voix de grand-maman s'exclame :

— Mon Dieu Seigneur, que se passe-t-il, ici?

Ensuite, j'entends ses pas s'éloigner. Clic, clic, clic, grand-maman ferme la radio, la télévision et la chaîne stéréo. Le silence envahit tout à coup la maison. Grand-maman s'approche, s'assoit sur le lit et me caresse les épaules par-dessus les couvertures. J'entends sa voix murmurer :

— Tiens, Noémie, Stéphane te donne des biscuits... qu'il avait oublié de t'offrir...

Je sors la tête de sous les couvertures pour hurler :

— JE NE VEUX PAS DE SES BISCUITS! JE NE VEUX AUCUN CADEAU DE CE STÉPHANE! EST-CE QUE C'EST CLAIR?

— Et pourquoi donc? demande grand-maman.

— Parce que je ne suis pas amoureuse de lui! Je n'aime ni ses cheveux, ni son nez, ni ses gommes à mâcher, ni ses tablettes de chocolat, ni ses biscuits, ni rien du tout et surtout pas sa petite carie, qu'il a sur une dent! Comprenez-vous ça? Je ne suis pas amoureuse, un point c'est tout! Et on n'en parle plus de toute ma vie. Il me semble que c'est clair!

— C'est très clair, répond grand-maman. L'idéal, ce serait que tu lui dises clairement tes intentions...

— Comment ça, lui dire clairement mes intentions?

— Mon Dieu Seigneur, tu lui
expliques tout simplement que
tu ne l'aimes pas...

Je réponds subtilement :

— Je ne sais pas où il demeure...
et je ne veux rien savoir de ses
complices... donc, je ne peux
pas lui parler.

— Ça, ce n'est pas un problème, répond grand-maman...
tu peux lui parler tout de suite,
immédiatement...

— Mais non, c'est impossible!

— Oui, c'est possible. Stéphane
attend sur le balcon.

— QUOI? VOUS N'AVEZ PAS
FAIT ÇA???

Grand-maman me prend dans
ses bras :

— Mais oui, ma petite Noémie,
j'ai fait ça... Stéphane semblait
tellement malheureux après ton

départ que je lui ai suggéré de venir te voir. Je crois qu'il veut s'excuser...

— S'excuser de quoi?

— C'est lui qui te le dira, répond grand-maman en s'éloignant.

Ma grand-mère quitte sa chambre. Je l'entends ouvrir et refermer la porte du vestibule, puis ouvrir et refermer la porte d'entrée. Grand-maman se retrouve sur le balcon avec le Stéphane. Paniquée, je quitte le lit, me précipite dans la salle de bain, me regarde dans la glace, replace quelques mèches de mes cheveux, me lance dans la cuisine, m'assoit à la table, et ouvre un cahier d'exercices pour faire semblant d'écrire, pour donner l'illusion que je ne suis absolument pas perturbée par la situation.

Le cœur battant à tout rompre dans ma poitrine, j'entends les deux portes d'en avant s'ouvrir puis se refermer. Je reconnais les petits pas de ma grand-mère dans le corridor. Je tourne la tête et je la vois apparaître dans la cuisine, suivie par le Stéphane, un peu mal à l'aise... pour ne pas dire timide... pour ne pas dire complètement paniqué, hé, hé, hé...

Grand-maman me fait un clin d'œil complice, mais je la regarde en fronçant les sourcils pour lui signifier que toute cette mise en scène, ce n'est vraiment, mais vraiment pas une bonne idée.

Grand-maman me fait un faux sourire. Elle s'exclame comme une vraie petite fille complète-ment naïve :

— Oh mon Dieu Seigneur ! Stéphane ! Tu es en chaussettes ! Vite ! Assieds-toi ! Il y a plein de lait sur le plancher !

Pendant que je fixe le Stéphane avec un air d'outre-tombe, il s'assoit, pose ses mains sur la table, puis se gratte les oreilles, puis se croise les bras, puis ne sait plus que faire pour se rendre intéressant. Nous nous regardons tous les deux en avalant notre salive et en rougissant. Un silence lourd et implacable envahit la cuisine. Tout le monde se tait. Le chat ne miaule pas. Le petit serin ne chante pas. Le réfrigérateur ne ronronne pas. Pour ajouter un peu au malaise, grand-maman soupire :

— N... o... é... m... i... e... s'il te plaît?!

Ça, ce n'est pas un «Noémie» ordinaire. C'est un «Noémie» qui veut dire : «Noémie, je t'en prie, sois polie, sois avenante avec ce gentil garçon qui a fait un effort pour venir te voir et pour s'excuser »

Mais là, je ne sais vraiment pas ce que je dois dire à ce Stéphane, qui vient m'envahir jusqu'ici.

Pour rompre le silence, grand-maman sifflote un vieil air de son enfance. Elle éponge le lait sur le plancher. Puis elle se lave les mains, les essuie, se tourne vers le Stéphane et lui demande de sa petite voix mielleuse :

— Mon beau Stéphane, aimerais-tu boire un grand verre de lait ?

Le Stéphane sourit de toutes ses dents. J'ai l'impression qu'elles sont toutes cariées.

— Mais oui, madame ! Avec plaisir ! J'ai très soif ! Vous êtes bien aimable ! Vous êtes bien gentille ! Vous...

Grand-maman lui remplit, à ras bord, le plus grand verre qu'elle possède, puis, en sifflant un air faussement joyeux, elle fouille dans le réfrigérateur et dans l'armoire et dans la boîte à pain. En une minute, la table de la cuisine se remplit d'assiettes bourrées de biscuits, de beignes, de tartelettes, de chaussons, de morceaux de gâteaux, de pointes de tarte, de muffins, de crème glacée... Je n'en reviens pas. Et le Stéphane, comme s'il n'avait jamais rien mangé de toute sa vie, se jette sur les desserts. Miam, miam, miam et gloup, gloup, gloup! Il vide les assiettes une à une en faisant mmm, mmm, mmm... Ensuite, slurp, slurp, slurp, il se lèche les doigts avec délectation, puis, d'un trait, glou, glou, glou, il avale tout le contenu de l'immense verre de lait.

Je déteste ce garçon!

Mais ce qui me surprend le plus, ce n'est pas l'appétit de ce Stéphane. Non, ce qui me surprend le plus, c'est le comportement de ma grand-mère. Elle regarde le Stéphane avec un grand, un immense, un très fatiguant sourire d'admiration. Les mains jointes, et le regard au ciel, elle s'exclame :

— Mon Dieu Seigneur, comme c'est encourageant de voir un beau jeune homme manger avec autant d'appétit!!!

Là, j'en ai assez, et quand je dis «assez» c'est beaucoup plus que ça! Je me lève d'un bond en hurlant :

— VOUS DEUX, VOUS VOUS ENTENDEZ VRAIMENT BIEN! ADIEU! JE VOUS LAISSE ENSEMBLE!

Avant même que j'aie le temps de quitter la cuisine, grand-maman me rattrape, me retourne et me prend dans ses bras. J'enfouis ma tête au creux de son épaule. Les yeux fermés, je sens son souffle chaud dans mes cheveux et j'entends son vieux cœur battre dans sa poitrine. À mon tour, je la serre dans mes bras. Nous restons là, sans bouger, soudées l'une à l'autre. Nous ne disons pas un mot, mais nous commu-

niquons en silence. Nous échangeons des mots d'amour, mais aussi quelques reproches.

Les yeux fermés, j'entends le Stéphane gigoter sur sa chaise. Finalement, il se lève, s'éloigne de la table et s'arrête tout près de nous pour balbutier :

— Je... heu... Excuse-moi, Noémie, je... je ne voulais pas vraiment t'embrasser... heu... t'embraser... heu... t'embarrasser...

La tête cachée au creux de l'épaule de grand-maman, je ne réponds rien.

— Excuse-moi encore Noémie, mais si tu veux... nous pourrions devenir... nous pourrions être seulement des amis...

Je ne dis pas un mot, mais je lui fait signe que «peut-être» en levant les épaules.

Le Stéphane pose maladroitement une main sur mon bras,

la retire et s'éloigne dans le corridor. Les deux portes d'en avant s'ouvrent et se referment, et puis c'est le silence dans la maison. Grand-maman et moi restons blotties l'une contre l'autre

Je ne pense plus à rien. Je reste là, sans bouger, jusqu'à ce que le petit serin se mette à chanter à tue-tête dans sa cage; jusqu'à ce que le chat, le dos rond, vienne nous frôler les chevilles en ronronnant comme un vieux moteur.

Grand-maman me donne un dernier bisou sur le front. Elle me demande :

— Veux-tu qu'on parle de tout ça?

— Non! J'ai eu assez d'émotions pour aujourd'hui!

— Veux-tu qu'on regarde un peu la télévision avant de se coucher?

— Non! J'ai trop peur de voir des émissions encore remplies d'amoureux ou de gens qui s'embrassent, ou qui se marient, ou qui...

— Mais alors, que veux-tu faire?

— Si ça ne vous dérange pas, je vais aller me coucher dans mon lit, en bas chez moi!

— Bon! comme tu veux, ma petite Noémie d'amour! Mais tu es bien certaine que ça va aller?

— Oui, oui, ne vous inquiétez pas. Les histoires d'amour, c'est vraiment terminé pour moi...

J'embrasse grand-maman sur les deux joues en ajoutant:

— Et puis, ce garçon-là, je ne pense pas devenir son amie... Ce serait trop compliqué! Il passerait son temps à m'offrir du chocolat, des bonbons, des croustilles et je finirais par avoir toutes les dents cariées!!!

Grand-maman et moi, nous éclatons de rire. Hi, hi, hi et ha, ha, ha!

Une grande paix m'envahit. Je me dis que toute cette aventure est enfin terminée et que, finalement, l'amour, c'est trop compliqué pour moi. L'amour, c'est beaucoup plus facile à vivre au cinéma, à la télévision ou sur un film vidéo que l'on peut arrêter n'importe quand.

— Bonne nuit, ma belle grand-maman de flanelle à petits pois roses!

— À demain, ma belle Noémie au caramel!

-21-
Et puis BANG !

Je referme la porte de chez grand-maman, saute sur le balcon et commence à descendre l'escalier en me voyant déjà dire «bonsoir» à mes parents, entrer dans ma chambre et me coucher dans mon lit douillet. Mais soudainement, je m'arrête net au bas de l'escalier. Mes yeux s'écarquillent. Mon sang fait mille tours dans ma poitrine. Mes mains deviennent moites, mes jambes se transforment en spaghettis trop cuits... J'aperçois deux garçons, deux garçons que je ne connais pas, qui s'approchent en marchant sur le trottoir. Le plus grand des deux garçons, il est beau comme... comme... comme ça ne s'explique pas. En une fraction de seconde, je reçois un coup de foudre qui me cloue sur place. J'ai les jambes tellement flagada que je dois m'asseoir sur la première marche de l'escalier. Les deux garçons s'approchent au ralenti. Le vent du soir murmure une chansonnette. Les oiseaux roucoulent dans les arbres. Toute ma peau frissonne. Le très beau garçon tourne la tête, me regarde avec des yeux de braise et me sourit de toutes ses dents. Il n'a aucune carie. En l'espace d'une demi-seconde, le temps s'arrête. Les oiseaux s'immobilisent en plein vol. Les nuages aussi. Le monde au grand complet disparaît derrière le sourire du beau garçon. Je crois, je crois que je vis un véritable coup de foudre, un coup de foudre exactement comme ceux que l'on voit au cinéma. WOW! Je n'en reviens pas. Mes idées s'embrouillent. Je n'ai plus aucun contrôle sur mes pensées. Je délire... On dirait que ce n'est plus moi qui est dans moi mais une autre Noémie qui n'est plus la même mais qui est toujours pareille en dehors alors qu'en dedans plus rien ne ressemble à l'ancienne Noémie, qui ne se reconnaît pas et qui tourne en rond dans sa tête et qui n'est plus capable d'en sortir parce qu'un sentiment nouveau, absolument inconnu, surgit tout à coup, comme ça, sans avertir dans le bas d'un escalier, à cause d'un sourire sans carie surmonté d'une casquette, à cause d'un nez magnifique, deux yeux incroyables et aussi des joues et des épaules et des jambes plus belles que toutes les autres et tout ça, sans même comprendre ce que je dis, ce que je pense et ce qui se passe. FIOU! RE WOW! Et RE RE WOW!

Le temps reste suspendu, comme ça, pendant quelques siècles, quelques millénaires, quelques millions d'années et puis soudain, CLIC! le monde se remet en marche. Les oiseaux recommencent à voler. En me regardant au fond des yeux, le très beau garçon ralentit sa marche et s'arrête devant moi. Mon cœur veut exploser. J'essaie de faire semblant de rien, mais j'en suis incapable. Toute ma peau frissonne. J'ai de la difficulté à avaler ma salive. Le beau garçon tourne sa casquette de bord, puis me demande d'une voix enjouée :

— Il est où, le dépanneur le plus proche?

Je suis tellement émue par cette question excessivement romantique que mes idées s'embrouillent encore plus. Le dépanneur... le dépanneur... On dirait que le dépanneur, où je vais régulièrement, a disparu de la carte de la ville. J'essaie de balbutier quelques mots, mais je n'en trouve aucun. Ils sont tous cachés quelque part au fond de ma mémoire. Incapable de parler, je lève le bras droit pour signifier au très beau garçon de se diriger dans cette direction.

Le très beau garçon me susurre «merci!», et moi, je ne comprends plus ce qui se passe. Un tourbillon d'amour incontrôlable me propulse vers sa bouche. Mes lèvres se collent aux siennes. Elles ne goûtent ni le chocolat ni les croustilles. C'est une saveur que je ne connais pas. Le beau garçon est tellement surpris, qu'il ne bouge plus.

Après une seconde, nos deux bouches se séparent. Nous sommes tellement gênés, surpris, troublés, que nous ne savons plus ce qu'il faut dire, ce qu'il faut faire. Je baisse les yeux et je bégaie :

— Le... le... dépan...neur... il... il... est par...ar...là !

Lui, complètement chaviré, retourne sa casquette, et balbutie :

— Par... là... Bon... merci... j'y... j'y... vais...

En rigolant, son copain le tire par la manche de son tee-shirt. Le très beau garçon et son copain repartent vers la droite. Je vois mon bel amoureux s'éloigner en se retournant constamment pour me regarder. Comme dans les films, je sens monter en moi l'angoisse de la solitude la plus douloureuse. Alors, n'en pouvant plus, les mains en porte-voix, je crie :

— AÏE !

Le beau garçon se retourne encore une fois. Je voudrais lui dire qu'il est beau, qu'il possède un magnifique sourire sans carie, qu'il porte une belle casquette, qu'il... mais trop gênée, je crie seulement :

— LE DÉPANNEUR ! C'EST À GAUCHE ! AU PREMIER COIN DE RUE !

Le beau garçon me remercie d'un grand geste de la main. Il me regarde de loin. Je lui envoie la main à mon tour, puis j'en profite pour entrer chez moi, afin qu'il sache où j'habite. Je referme la porte d'entrée. Pendant quelques minutes, je reste appuyée contre le mur du vestibule. Une petite musique de

bonheur résonne dans ma tête. Je n'en reviens pas encore. Moi, Noémie, j'ai embrassé un garçon! Moi, Noémie, j'ai embrassé un garçon que je ne connais même pas!

Les genoux mous, les yeux dans la brume, je traverse l'appartement, je passe devant la salle de bain et je ne vais surtout pas me laver la bouche avec du rince-bouche ultra-puissant. Non! En faisant semblant de rien, je me rends à la cuisine. Mon père et ma mère sont assis l'un près de l'autre devant la table remplie de papiers et de factures de toutes sortes. Je demande :

— Qu'est-ce que vous faites?

— Le budget! Nous faisons le budget, répond mon père en soupirant.

Puis, il me regarde du coin de l'œil :

— Et toi, Noémie? Ça va?

Je fais signe que «oui». Mon père me regarde avec des yeux qui semblent tout deviner. Il me demande encore :

— Tu es certaine que ça va?

En essayant de ne pas rougir, je tourne les talons. Je me sauve dans ma chambre en lançant :

— Ce soir, ne venez pas me border! Je ne veux pas qu'on me dérange!

Je ferme la porte de ma chambre. J'enfile mon pyjama, je me glisse dans mon lit, puis je frotte mes pieds l'un contre l'autre pour les réchauffer. Je ferme les yeux et j'essaie de m'endormir le plus vite possible. Je veux faire le plus beau rêve de toute ma vie : un beau rêve d'amoureux...

Fin